W0365627

Laure Grenadier, Herausgeberin des Pariser Gourmet-Magazins *Plaisirs de Table*, reist zu Recherchezwecken in die Normandie. Ein Restaurant steht ganz oben auf ihrer Liste: Über die Kalbsschnitzel mit einer ebenso berühmten wie geheimen Sauce muss unbedingt berichtet werden. Doch der Abend nimmt eine erschreckende Wendung, als mehrere Gäste zusammenbrechen. Manche sind auf der Stelle tot, andere werden ins Krankenhaus gebracht. Laure ist schockiert – und gerät in Bedrängnis: Die Polizei verdächtigt alle Anwesenden, die keine Symptome aufweisen. Und warum bestellte ausgerechnet Laure, die extra wegen der Kalbsschnitzel kam, dann auf einmal Lamm?

Noël Balen ist Schriftsteller und Musiker. Wenn er nicht im Tonstudio oder am Schreibtisch arbeitet, kocht er mit Leidenschaft für seine Familie. Mit seiner guten Freundin, der Anwältin Vanessa Barrot, schreibt er Krimis, die in der französischen Gourmetszene spielen und fürs Fernsehen verfilmt werden.

Noël Balen · Vanessa Barrot

Mord nach Art des Hauses

Ein Gourmet-Krimi aus Frankreich

Aus dem Französischen
von Alexandra Baisch

btb

Die Originalausgabe erschien 2014 unter dem Titel
La crème était presque parfaite bei Éditions Fayard, Paris.

Sollte diese Publikation Links auf Webseiten Dritter enthalten, so übernehmen wir für deren Inhalte keine Haftung, da wir uns diese nicht zu eigen machen, sondern lediglich auf deren Stand zum Zeitpunkt der Erstveröffentlichung verweisen.

MIX
Papier aus verantwortungsvollen Quellen
FSC® C014496

Verlagsgruppe Random House FSC® N001967

1. Auflage
Deutsche Erstausgabe Juni 2018
Copyright © Librairie Arthème Fayard, 2014
Copyright © der deutschsprachigen Ausgabe 2018 bei btb Verlag
in der Verlagsgruppe Random House GmbH,
Neumarkter Straße 28, 81673 München
Covergestaltung: semper smile, München
Covermotiv: © Hans Georg Eiben/Getty Images
Satz: Uhl + Massopust, Aalen
Druck und Einband: GGP Media GmbH, Pößneck
MP · Herstellung: sc
Printed in Germany
ISBN 978-3-442-71671-5

www.btb-verlag.de
www.facebook.com/btbverlag

Unser ganzer Dank geht an Dr. Jean-Luc Tomasini
für seinen Sachverstand und seine wertvolle
Unterstützung.

Aber die Kuchen waren wohlinformiert,
die Tartletts waren geschwätzig.
In den einen gab es faden Geschmack von Sahne,
in den andern kühlenden von den Früchten,
die vielerlei […] zu sagen wussten.

Marcel Proust, *Im Schatten der jungen Mädchen.*

1

»… und das sage ich Ihnen, ohne zu befürchten, ich könnte mich wiederholen, ohne zu befürchten, ich könnte die Miesepeter kränken, die die Wohltaten des europäischen Aufbaus leugnen wollen … Ja, ich sage dies laut und deutlich: Es lebe die deutsch-französische Freundschaft, es lebe die Gemeinschaft der Menschen guten Willens! Lassen Sie uns das Glas auf die Brüderlichkeit erheben und auf die Zukunft der endlich versöhnten Völker anstoßen!«

Senator Gauthier Bassarel ergriff seine Schale Cidre und forderte die Geladenen auf, einen Toast auf die friedensstiftenden Eigenschaften der normannischen Gastronomie auszubringen. Synchron erhob die ganze Tischgesellschaft das Glas: »*Santé!* … Prosit! …« Krawatten wurden gelockert, Servietten entfaltet, und die Angestellten des *Bocage gourmet* servierten die Vorspeise, die man unter silberfarbenen Glocken warm gehalten hatte. Die mit Petersilie und Knoblauchcroutons bestreuten cremigen Camembertsuppen brachten alle zum Schweigen.

Der große Saal war nicht ganz voll. Abgesehen vom offiziellen Festessen, an dem mehrere Abgeordnete der Region sowie zwei Mitglieder einer gestern eingetroffenen Berliner Delegation teilnahmen, konnte man nur drei weitere Paare ausmachen: Zwei festlich gekleidete Personen, nicht mehr die Allerjüngsten, und ein Rentnerpaar, deutlich fortgeschrittenen Alters, saßen unweit der Küche. Etwas abseits davon, abgeschirmt durch einen Geschirrschrank, auf dem die Brotlaibe, ein Tranchierbrett und Brotkörbchen aus geflochtenen Metallsträngen lagen, saßen sich Laure Grenadier und Paco Alvarez gegenüber. Man hatte der Chefredakteurin der Zeitschrift *Plaisirs de table* und ihrem Fotografen einen strategischen Platz zugewiesen, von wo aus sie die Abläufe beobachten konnten, ohne dabei zu sehr vom republikanischen Festmahl gestört zu werden.

Sie hatten die Speisekarte noch nicht ganz durchgesehen, da servierte die Bedienung ihnen bereits ein Glas eines französischen, im Eichenfass gereiften Apfelaperitifs und einen Gruß aus der Küche: dünne Scheiben getoastetes Brot, belegt mit einer Scheibe Blutwurst aus dem Mortagne-au-Perche, umrahmt von einem Kompott aus Boskopäpfeln, zusammen mit einem kleinen Stück *cake à l'andouille de Vire.*

»Was rätst du mir?«, fragte Paco und schielte dabei auf die Karte mit den Speisen.

»Alles!«

»Das könnte ein bisschen viel werden.«

»Das hier ist eine gute Adresse … Gönn dir was!«

Paco liebäugelte einerseits mit dem Schweinekotelett an Cidre, war aber auch vom Hasenrücken an Cidre recht angetan. Schließlich entschied er sich für die Kalbsrolle an Cidre. Doch als die Bedienung dann zurückkam, um ihre Bestellung aufzunehmen, fiel seine Wahl letztendlich auf die *Tripes à la mode de Caen*. Laure schmunzelte leicht, sagte aber nichts dazu. Was sie betraf, so hätte sie sich einfach mit zwei Vorspeisen begnügt: ein Omelette an Austern und ein Käsetörtchen mit normannischem Livarot-Käse. Sie wusste um deren Erlesenheit und frischte auch gern die Erinnerung an den Geschmack vergangener Zeiten auf, doch gewissenhaft, wie sie war, zog sie es vor, innovative saisonale Gerichte zu kosten:

»Ich hätte gern das Salzwiesenlamm … es kommt doch von Ihrem neuen Zulieferer, oder?«

»Das kann ich Ihnen nicht sagen«, murmelte das junge Mädchen.

»Das letzte Mal hat mir Ihr Chef erzählt, er habe einen neuen Züchter gefunden.«

»Ganz ehrlich, ich weiß es nicht.«

»Wenn es Ihnen nichts ausmacht … könnten Sie ihn danach fragen?«

Die Bedienung sah verdrießlich drein und machte

auf der Stelle kehrt. Während Laure und Paco an einer Scheibe Brot knabberten, um ihren Hunger etwas zu stillen, tauchte auch schon Adrien Cornudet auf, lächelnd und hochrot, die weiße Kochmütze schief auf der schweißnassen Stirn.

»Entschuldigen Sie meine Bedienung, sie fängt gerade mit der Ausbildung an … da fehlt noch der richtige Schliff, aber sie ist ganz tüchtig … Sie haben sie nur etwas eingeschüchtert.«

»Es tut mir leid, dass ich Sie genau dann störe, wenn es heiß hergeht«, entschuldigte sich die Journalistin.

»Das ist gar nicht weiter schlimm … Mein Team hat alles im Griff, und die Vorbereitungen sind so weit abgeschlossen … Was das Salzwiesenlamm betrifft, da habe ich tatsächlich einen neuen Zulieferer, einen Puristen, der die schönsten reinrassigen Lämmer für mich aussucht … Ich bin sehr gespannt, was Sie davon halten.«

»Dann bereiten Sie es so zu, wie es Ihnen am besten erscheint …«

»Also nur mit Salz und Pfeffer und innen rosé. Ich kümmere mich darum.«

»Bis jetzt haben Sie mich noch nie enttäuscht, Adrien.«

Der Küchenchef zwinkerte ihr zu und ging zurück in die Küche. Paco holte seinen Fotoapparat aus dem Rucksack, den er neben sich auf dem Boden abgestellt hatte. Ganz diskret, ohne vom Stuhl aufzustehen, drehte er an seinem Teleobjektiv und fotografierte den Saal, wobei er die falschen geraden Linien der Decke und des Fachwerks in Szene setzte. Laure beobachtete ihn aus dem Augenwinkel und machte sich nebenbei ein paar Notizen auf einem orangefarbenen Stenoblock.

Ein Messer wurde mit unangenehmem Klirren an eine Karaffe Wasser geschlagen, und höfliche Stille breitete sich aus. Einer der Repräsentanten der deutschen Delegation stand auf, entfaltete langsam ein Blatt Papier, ehe er das Wort ergriff, um der geopferten Generationen zu gedenken und die wiederentdeckte Freundschaft zu preisen. Die relativ kurze Rede wurde am Stück und mit leichtem Akzent, aber ohne den kleinsten syntaktischen Fehler vorgetragen. Als der Mann sich wieder setzte, wurde ihm mit verhaltenem Enthusiasmus applaudiert, gemäßigt aufgrund des süßlichen Aromas der *escalopes de veau*, das einem bereits in die Nase stieg. Die Teller drohten schnell zu erkalten, und jeder befand, es sei höchste Zeit, sich den ernsten Dingen zuzuwenden. Hastig griff man nach dem Besteck und ging dazu über, sich vollzustopfen, ohne noch einen weiteren Gedanken an Anstand zu verschwenden. Die Gesichter erstrahlten, die Bäuche wölbten sich, und niemand war mehr darum bemüht, mit seinem Vergnügen hinter dem Berg zu halten.

Als Generalrat Hubert Carré-Lamadon von heftigen Krämpfen erfasst wurde, stieß die Bedienung einen schreckerfüllten Schrei aus. Die Hände an die Kehle gepresst, nach Luft ringend und röchelnd rollte er mit den Augen und brach plötzlich zusammen, sein Gesicht landete in seinem Teller. Gleich darauf fiel Victor Apreval, der Bürgermeister von Yonville, steif vom Stuhl, wobei er den jungen Parlamentsabgeordneten Jérémie Torcheboeuf mit sich riss, dessen bläulich verfärbte Gesichtszüge schon zu schwarz tendierten. Einer der deutschen Abgesandten klammerte sich an den Tisch und erbrach einen großen Schwall auf die Spitzentischdecke, wohingegen Senator Bassarel mit nach hinten gekipptem Kopf an seiner Galle erstickte.

Paco war aufgesprungen, stand dann aber wie versteinert da, unfähig, eine Entscheidung zu treffen. Laure saß noch immer, auch sie war ganz erstarrt. Äußerst blass musterte sie das Rentnerpaar, dem keiner Beachtung schenkte. Der Mann lag ausgestreckt auf dem Boden und wurde von Krämpfen geschüttelt. Seine rechte Hand ruhte an der bläulichen Wange seiner Frau und erzitterte in einer unmöglichen Liebkosung.

2

Eingebettet in die bewaldeten Falten eines Hügels, entlang eines kapriziösen Bachs, über den eine kleine wurmstichige Brücke mit chinesischem Einschlag führte, lag das Restaurant da. Die Trauerweiden wiegten sich träge über dem Wildwasser, geschützt durch eine Reihe Pappeln, die sich den Westwinden entgegenstellten. Das Reetdach mit seinem von Schwertlilien übersäten Dachfirst, das harmonische Gleichgewicht des Bauernhauses, die ordentlich gerechten Kieselsteine in der Einfahrt, die weißen Sprossenfenster, die Beete voller Rosen und die Kletterglyzinien neben der Markise – die ganze Umgebung schien von einem inspirierten Aquarellisten in dem Bestreben gemalt worden zu sein, den Zauber möglichst detailgetreu wiederzugeben.

Das *Bocage gourmet* war seit jeher in eine Atmosphäre des Friedens und der Ausgeglichenheit getaucht. Man hätte glauben können, dort auf ewig vor den Qualen der Welt sicher zu sein, wäre da nicht diese unerwartete Geschäftigkeit gewesen, diese chaotische Angst, die einem die Realität in Erinnerung rief. Die durchdringenden Sirenen der Feuerwehrautos, das schaurige Kreisen der Blaulichter, die Wache schiebenden Polizisten, die direkt auf dem Boden stehenden Bahren, das unablässige Ballett der Weißkittel, die Beutel mit Kochsalzlösung, die Sauerstoffflaschen, die Anweisungen der Ärzte, das besorgte Herumrennen der Krankenschwestern, die Defibrillatoren, Sonden und Katheter, das Geröchel und Klagen. Inzwischen herrschte hier eine Betriebsamkeit wie auf einem Schlachtfeld nach dem Gemetzel.

Mit dem Eintreffen des Rettungsdienstes war das Restaurant sofort evakuiert worden, und die Ärzteteams hatten sich, abgeschirmt durch einen Ring von Polizisten, eilig verteilt. Die Beschäftigten des *Bocage gourmet* hatte man unweit des Eingangs versammelt, wo sie sich um ihren Chef gruppierten, der ratlos dreinblickte und angespannt seine Kochmütze zwischen den Händen zerknautschte. Capitaine Cadour, ein Koloss mit kurzrasierten Haaren und kantigem Kiefer, stellte unzusammenhängende Fragen, die seine Nervosität verrieten. Wenige Schritte entfernt traten die vier geretteten Gäste neben einem Lieferwagen von einem Fuß auf den anderen, und eine übermäßig geschminkte, in ihre Uniform eingezwängte Adjutantin notierte die Namen und verteilte Vorladungsbriefe.

Die beiden Sechzigjährigen, bedacht auf einen angemessenen Abstand, als sei nichts geschehen, sahen noch immer wie aus dem Ei gepellt aus und beteten ihre Personalien herunter. Die Frau, von zierlicher Statur, mit perfekt sitzender Wasserwelle, sagte schnippisch: »Varnetot, mit einem T… Justine… Geschäftsführerin einer Immobilienagentur… in Bayeux… Ja, nein… hier, mein Ausweis, so ist es einfacher… Gegen 16 Uhr, kein Problem.« Auf sie war ihr Mann gefolgt, etwas unscheinbarer, mit tiefer Stimme, den Blick gesenkt, und hatte erläutert, sie seien Stammgäste des *Bocage gourmet*. Dann zogen sie grußlos von dannen. Laure Grenadier kam als Nächste an die Reihe und musste sich zusammenreißen, um sich wohlüberlegt auszudrücken. Die Adjutantin ließ sie ein Formular unterschreiben und verfuhr mit Paco gleichermaßen: Name, Vorname, Adresse, Beruf, Aufenthaltsort im Calvados, Verbot, das Departement zu verlassen, Vorladung aufs Polizeirevier von Cambremer am Nachmittag.

Als diese Formalitäten erledigt waren, gab es keinen Grund mehr, noch länger dort zu verweilen. Die Journalistin und der Fotograf umrundeten den Einsatzbereich, um zum Parkplatz hinter dem Restaurant zu gelangen. Der Senator lag mit offen stehendem Hemd auf einer Bahre, sein Oberkörper war von bläulich verfärbten Flecken überzogen, ein Schlauch ragte ihm aus dem Mund, eine Infusion steckte im linken Arm. Krankenwagenfahrer verluden eine Leiche in einem schwarzen Plastiksack, während ein junger Arzt auf dem Boden kniend versuchte, den Stellvertreter des Bürgermeisters von Yonville zu reanimieren, dessen hochgehobene Lider zwei glasige Augen, durchzogen von scharlachroten Äderchen, zutage treten ließen. Einer der Deutschen lag auf der Seite, seine Haut kohlrabenschwarz, die Atmung abgehackt, einen weißlichen Speichelfaden im Mundwinkel. Paco wurde übel, und er wandte sich ab.

»Was haben die sich nur einverleibt?«

»Wenn ich daran denke, dass ich dir dasselbe empfohlen hätte«, stammelte Laure.

»Echt jetzt?«

»Ich wollte dir die *escalope de veau à la crème* vorschlagen … eine der Spezialitäten des Chefs. In der ganzen Region findet man keine bessere.«

»Und du hast mir nichts davon gesagt, weil du mir eine Kalorienbombe vorenthalten wolltest?«, fragte Paco und rieb sich über seinen gewölbten Bauch.

»In gewisser Weise.«

»Ohne es zu wissen, hast du mir vielleicht das Leben gerettet.«

»Ja, ich glaube, es war ganz gut, nichts gesagt zu haben.«

3

Die Fahrt zur Côte Fleurie zwischen Honfleur und Ouistreham, nahe der Côte de Nacre, verlief in bedrücktem Schweigen. Sobald die Mautstelle von Dozulé hinter ihnen lag, bemühte sich Paco, eine Art Unterhaltung zustande zu bringen. Laure antwortete einsilbig, mit ausdrucksloser Stimme, die rechte Wange leicht gegen die Scheibe gelehnt, den Blick ins Leere gerichtet. Langsam drangen sie weiter in die Provinz vor, bogen nach rechts Richtung Brucourt ab und fuhren an der Ancre entlang, einem mickrigen Bach neben der Autobahn.

Am Fuß eines bewaldeten Hügels nahmen sie den Chemin des Sources in Richtung des Herrenhauses Croix-Grande, gleich neben dem Kloster Annonciade, oberhalb einer rustikalen, dem Heiligen Vigor gewidmeten Kapelle. Das schlossartige Anwesen lag an der nordwestlichen Flanke des Hügels und überblickte die langgestreckte Ebene, die sich im Westen nach Cabourg erstreckte. Bei klarer Sicht war die Küste vom Aussichtsturm aus deutlich zu erkennen, mit den Sulkys, die am frühen Morgen den Strand entlangfuhren, und den Fischerbooten, die abends in den Hafen von Dives einliefen. Bei starker Flut konnte man die bedrohliche Gischt der Wellen sehen, und wenn es wieder ruhiger wurde, blitzten die ersten Sonnenstrahlen hervor. Wollte man über einen eventuellen Wetterumschwung informiert sein, reichte es, einfach zum Erker des Turms hinaufzugehen, vorausgesetzt, man war in der Lage, die wunderliche Launenhaftigkeit der Manche zu interpretieren.

Von kubischer Form und flankiert von zwei hohen achteckigen Türmen, protzte das Bauwerk mit einer beeindruckenden Fassade aus weißem Stein, geschmückt von geschwungenen Festons aus rotem Backstein, Maskaronen hier und da, Imitationen von Scharwachttürmen und Wasserspeiern aus Bronze im reinsten Operettenstil der Renaissance. Entlang des angrenzenden Pferdestalls hatte man halb abmontierte metallene Gerüste zwischengelagert, ebenso eine Betonmischmaschine, Paletten mit alten Dachziegeln, Eichenbalken und Berge von Granitpflaster. Ganz offensichtlich waren die Arbeiten an Neben- und Wirtschaftsgebäuden noch lange nicht abgeschlossen.

Eingehüllt in einen perlmuttgrauen seidenen Morgenmantel, dessen Aufschläge mit bordeauxfarbenem Moirémuster versehen waren, erwartete Charles Moreau sie auf der Außentreppe. Mit den nach hinten gebürsteten Haaren, dem rosigen, pausbäckigen Gesicht und den großen schwarzen Augen über dem glänzenden, gezwirbelten Schnurrbart wirkte er wie aus einem anderen Jahrhundert.

Dreißig Jahre lang hatte er nacheinander zunächst eine Kunstgalerie in der Rue de Seine, dann einen Antiquitätenladen im oberen Teil der Rue du Faubourg Saint-Honoré geführt, und schließlich hatte Charles Paris aus einer Laune heraus verlassen, am Boden zerstört aufgrund einer katastrophalen Liebesgeschichte mit einem blonden, ebenso jungen wie bestechlichen Jüngling. Überstürzt hatte er seine weitläufige Jugendstilwohnung und seinen Laden verkauft und in der Normandie Zuflucht gesucht. Er fand Rückhalt in seiner überbordenden Bibliothek von viel gelesenen Werken, seinem Samowar, in dem ein Tee zog, der schwärzer als alte Tusche war, und seinen beiden Siamkatzen, Maupassant zu Ehren Pierre und Jean getauft. Mehr oder weniger ungezwungen führte er seitdem seine vier dezent und geschmackvoll dekorierten Gästezimmer, *Balbec, Combray, Monceau* und *Guermantes* benannt. Außerdem hatte er sich vor kurzem in das wenig vernünftige Projekt eines Spitzenklasse-Restaurants gestürzt, das Rezepten aus Prousts Werken gewidmet sein sollte.

Obwohl er längst jenseits der fünfzig war, hatte Charles noch immer nicht den Mut gehabt, sein *coming out* vor seiner Familie zu machen. Zwangsläufig kam also am Ende der Familienessen sein Singledasein zur Sprache, doch er beherrschte die Kunst des Umgehens dieser Frage perfekt. Niemand bei den Moreau hätte verstanden, dass man auch anders leben konnte, geschweige denn sich eingestanden, dass eine gesicherte Nachkommenschaft nicht die oberste Sorge sein musste. Noch immer erfüllt von Illusionen, schaltete seine Mutter regelmäßig Annoncen in den Heiratsanzeigen von *Famille chrétienne*. Charles erhielt leidenschaftliche Briefe und beantwortete sie mit ausreichend Nonchalance und Herablassung, um auch hartnäckigste Bewerberinnen zu entmutigen.

»Wie oft hat er Proust gelesen?«, fragte Paco besorgt, als er das Auto unter dem riesigen Rhododendron parkte.

»Soweit ich weiß, war er bei seiner achten Lektüre von der ›Suche‹. Außerdem hatte er vor, ›Jean Santeuil‹, einen achthundert Seiten dicken Roman, erneut zu lesen, ebenso den gesamten Briefwechsel, gesammelt in zwanzig Bänden …«

»Ah ja, mal eben so! Der ist ja richtig durchgeknallt.«

»Genau deshalb liebe ich ihn«, sagte Laure, die schnellstens aus dem Auto stieg, um sich Charles in die Arme zu werfen.

Der Antiquar presste sie an sich und flüsterte ihr ins Ohr:

»Ich hätte es dir übelgenommen, wärst du nicht in so angenehmer Begleitung erschienen.«

Verlegen holte Paco die Koffer aus dem Kofferraum und nickte Charles zu, als Laure ihm ihren Freund vorstellte.

»Dein treuer Ritter ist ein Hidalgo, bravo! Weißt du eigentlich, dass auch Cervantes zu meiner Bettlektüre gehört?«

»Mir ist im Moment nicht nach Scherzen zumute, Charles. Wenn du wüsstest, was wir heute schon durchgemacht haben …«

Sogleich erzählte sie von den Momenten der Panik, die sich im *Bocage gourmet* abgespielt hatten: von den schmerzverzerrten Gesichtern, der blaurot verfärbten Haut, dem Zittern, dem Erbrechen, dem drastischen Eingreifen der Ärzte, der Effizienz der Feuerwehrleute, der Nervosität der Gendarmen.

Charles hörte zu, in einem Auge blitzte Ironie auf, das andere war frostig, fast reglos.

»Das scheint dich ja zu erheitern!«, rief Laure verwundert aus.

»Entschuldige, Laure, aber wegen deiner Geschichte werde ich keine Träne vergießen. Der Senator, von dem du sprichst, ist nicht zufällig Bassarel?«

»Ich hab mir seinen Namen nicht gemerkt.«

»Dreifachkinn, dunkelblauer Anzug, etwas zu groß, hängende Schultern und rötlicher Teint?«

»Das kommt hin.«

»Was für ein Widerling… Ein Kotzbrocken der übelsten Sorte!«

»Du vergisst, dass Menschen gestorben sind«, empörte sich die Journalistin. »So gefühllos kannst du doch nicht sein! Du doch nicht, Charles!«

»Er ist ein ekelhaftes Arschloch… ein richtig ekelhaftes Arschloch!«

Normalerweise gebrauchte Charles keine derben Worte. Wenn er sich also unflätig ausdrückte, dann musste etwas Wahres an der Sache sein.

4

Die alten Stallungen waren vollständig renoviert. Man hatte die Balken des Dachstuhls freigelegt und so die riesige gewölbte Decke zutage gefördert, die von Oberlichtern durchbrochen war. Manche Wände waren vergipst und cremeweiß gestrichen, andere hingegen hatten ihren unverputzten Aspekt beibehalten, obwohl sie raffiniert aufgefrischt worden waren: sandgestrahlte, sichtbar gemachte Steine, gestrichenes Fachwerk, verputzter Strohlehm, polierte Ziegelsteine … Abgerundet wurde das Ganze mit einem Boden aus alten Terracotta-Fliesen, die aus einem leerstehenden Schloss stammten. Alles war so sorgfältig konzipiert, es grenzte geradezu an Pedanterie. Die unauffällig eingebaute Belüftung, die geschickt unter Holzverschalungen verborgenen Heizungen, die verblendeten Strahler und strategisch angebrachten Wandleuchter, die Eisenstangen der Doppelvorhänge, nichts hatte Charles vernachlässigt, wie seine Gäste bei einem Rundgang mit dem Hausherrn feststellten, auch wenn Laure und Paco die Bedeutung all der luxuriösen und technischen Details zum Großteil entging.

Er führte sie durch den zukünftigen Küchenbereich, erläuterte seine Wahl, die Ergonomie des Herdes und die Qualität des rostfreien Metalls, den Nutzen eines Dampfbackofens, den Standort des Salamanders, die gefliesten Arbeitsflächen, das nach hinten versetzte Spülbecken, die problemlos zugänglichen Küchengeräte. Er erwartete keinen Begeisterungsausbruch oder Komplimente, sondern verließ das Gebäude wieder und erklärte weitere Einzelheiten mit ausholenden, aufgeregten Gesten, wobei sich seine ohnehin schon hohe Stimme fast überschlug. Im Außenbereich müsse man nur noch das zwischengelagerte Material aufräumen, ein paar Anschlüsse durchführen, damit die restlichen Bausteine der Fassade verfugt werden konnten, und die verbleibenden elektrischen Lämpchen installieren. In weniger als einer Woche würde davon nichts mehr zu sehen sein.

»Außerdem habe ich eine hervorragende Neuigkeit! Ich habe endlich den Namen für mein Restaurant gefunden«, jubilierte er und strich sich über den Schnurrbart. »Es wird ›*La Cuisine retrouvée* – die wiederentdeckte Küche‹ heißen!«

Laure hielt kurz inne, legte den Zeigefinger an ihre verschlossenen Lippen, dachte einen Moment nach und befand dann:

»Hervorragend!«

»Du beruhigst mich«, seufzte Charles. »Ich hatte schon befürchtet, es könnte dir nicht gefallen.«

»Würde ich dich nicht so gut kennen, könnte ich durchaus glauben, es handle sich allein um eine simple Marketingstrategie … Hast du keine Angst, man könnte dir unterstellen, dass du hier nur etwas für die intellektuelle Boheme aufziehst?«

»Es ist mir völlig egal, was deine Kollegen davon halten.«

»Aber dir ist schon klar, dass der Vorwurf kommen wird, auf einer leicht versnobten Welle mitzusurfen?«

»Natürlich! Und ich wiederhole es: drauf gepfiffen.«

Laure hatte keinen Zweifel an der Ehrlichkeit ihres Freundes, mochte es aber, ihn scherzhaft zu provozieren, damit er die Augen öffnete und sich wieder prosaischeren Angelegenheiten zuwandte. Moreau war ein Naivling, ein Träumer, durchaus von pragmatischer Natur, wenn es um die Leitung seiner Projekte ging, aber völlig unbedarft in weltlichen Dingen, so dass ihm der unangenehme Beigeschmack nicht auffiel. Eifersucht, Neid und Boshaftigkeit waren für ihn gänzlich literarische Konzepte. Sie entzogen sich ihm, sobald er mit der Realität in Berührung kam.

Er führte seine Besucher in die alte Küche des Herrenhauses und bot ihnen einen Snack an.

»Ich hatte für heute Abend ein leichtes Essen vorgesehen, aber ich denke, dass ihr heute Mittag nicht viel gegessen habt… Wenn ihr also schon etwas knabbern wollt…«

»Da sage ich nicht nein«, sagte Paco und ließ sich auf einen Stuhl mit Strohgeflecht fallen.

»Mir haben diese Ereignisse den Appetit verdorben. Außerdem haben wir eine Vorladung auf die Gendarmerie und müssen in einer Stunde dort sein«, seufzte Laure.

»Erweise mir wenigstens die Ehre und versuche eine meiner Proust'schen Spezialitäten… Ich zähle diese Woche auf dich und deine Meinung: Es ist sehr wichtig, und du würdest mir helfen, meine Karte fertigzustellen. Ich habe eine Terrine vom Rind in Aspik vorbereitet, wie sie in ›Die wiedergefundene Zeit‹ und ›Im Schatten der jungen Mädchen‹ erwähnt wird. Das war eines der Lieblingsgerichte des großen Marcel… Bedient euch!«

Während Paco sich eine dicke bernsteinfarbene Scheibe der ausgelassenen Kalbshaxe abschnitt, durchscheinend und mit genau der richtigen Konsistenz, tat sich Laure nur ein kleines Stück davon auf. Mit halb geschlossenen Augen kostete sie das gespickte Rumpsteak an jungen Karotten und zarten Zwiebeln, gewürzt mit Suppengrünaroma, in dem sich Rotwein und ein Schuss Cognac vereinigten. Es hatte Biss, zerging aber dennoch im Mund, war fest und cremig zugleich. Obwohl es eine perfekt ausgewogene Würze hatte, hing das Gelingen dieses Gerichts einzig von seiner Textur ab.

Inzwischen hatte Charles zu einem in Leder eingefassten Buch auf der Anrichte gegriffen und las ihnen einen Abschnitt vor: »Der kalte Rinderbraten mit Karotten erschien, von dem Michelangelo unserer Küche auf enorme Geleekristalle gelagert, die durchsichtigen Quarzblöcken glichen.« Dann ging er zum Kühlschrank und holte eine silberne Schale heraus, in der sich ein Gemisch aus Kartoffeln, Knollenziest, Muscheln und winzigen Selleriestückchen befand. Das Ganze war durch eine Olivenöl-Vinaigrette gebunden, bestäubt mit fein gehacktem Trüffel und Kräutern, unter denen glatte Petersilie, Schnittlauch und Kerbel auszumachen waren.

»Als kleine Erfrischung habe ich euch einen japanischen Salat zubereitet … Der wird in ›Eine Liebe Swanns‹ während eines mondänen Abendessens bei den Verdurin erwähnt … einer der köstlichsten Auszüge dieses Romans. Zu jener Zeit ging ganz Paris im Orientalismus auf, man japanisierte in den gesellschaftlichen Salons, ohne so recht darüber Bescheid zu wissen. Die Brüder Goncourt gehörten zu den glühendsten Anhängern, die École des Beaux-Arts organisierte Ausstellungen über den Fernen Osten …«

Vor lauter Ergriffenheit überschlug Charles sich

fast. Laure und Paco hörten ihm zu, wagten es nicht, ihn zu unterbrechen, und stachen mit ihren Gabeln in die Salatschüssel.

»Seht mal, ich habe hier einen ziemlich erstaunlichen Text«, fuhr Charles fort und drehte sich erneut zur Anrichte, um ein Heft mit verblichenem Deckblatt zur Hand zu nehmen. »Am 17. Januar 1887 hat Alexandre Dumas der Jüngere mit der Premiere von ›Francillon‹ einen Triumph errungen, ein völlig vergessenes Theaterstück, in dem er jedoch das ganze Rezept für den japanischen Salat aufführt … erster Akt, zweite Szene. Ihr müsst zugeben, dass das außergewöhnlich ist … Seid doch so nett und tragt mir die Repliken vor. Dieses Duo sollte man sich einfach auf der Zunge zergehen lassen und laut deklamieren!«

»Du spinnst doch, Charles«, gluckste Laure. »Ich habe keinerlei schauspielerisches Talent.«

»Kommen Sie, Paco, Ihr Auftritt!«, insistierte Moreau, ohne auf die Einwände seiner Freundin einzugehen.

Amüsiert und schüchtern zugleich gaben die beiden der Bitte ihres Gastgebers nach und atmeten einmal tief durch, ehe sie loslegten:

Laure (Annette)

Kochen Sie Ihre Kartoffeln in einer Brühe, schneiden Sie sie hernach in Scheiben wie für einen gewöhnlichen

Salat, und während sie noch warm sind, würzen Sie sie mit Salz, Pfeffer, sehr gutem, fruchtigem Olivenöl, Essig…

Paco (Henri)

Estragonessig?

Laure (Annette)

Orléansessig wäre besser: Aber das ist nicht so wichtig. Wichtig ist ein halbes Glas Weißwein, wenn möglich ein Château d'Yquem. Viel frische Kräuter, sehr, sehr fein gehackt. Kochen Sie gleichzeitig große Muscheln mit einem Stück Sellerie im Fischsud, lassen Sie sie gut abtropfen und geben Sie sie dann zu den bereits gewürzten Kartoffelscheiben. Das Ganze vorsichtig untermengen… Wenn der Salat fertig und durchgemischt ist…

Paco (Henri)

Vorsichtig…

Laure (Annette)

Dann bedecken Sie ihn mit Trüffelscheiben, ruhig eine ordentliche Gelehrtenhaube voll.

Paco (Henri)

Und gekocht mit Wein aus der Champagne.

Laure (Annette)

Das versteht sich von selbst. Das alles zwei Stunden vor dem Essen zubereiten, damit der Salat auch kalt ist, wenn man ihn serviert.

»Wun-der-bar!«, rief Charles und bog sich auf seinem Sessel. »Ihr habt euch des Théâtre-Français würdig erwiesen … Paco ist als unbedarfter erster Jüngling überaus charmant, und du, Laure, bist einfach unwiderstehlich als kleine Küchenbedienstete … Nicht wahr, Paco, ist sie nicht unwiderstehlich?«

Geniert verkniff sich der Fotograf ein Grinsen und senkte errötend den Blick.

5

Höchstwahrscheinlich bedauerten die Architekten ihr eigenes Werk zutiefst. Dieser seelenlose Betonblock, errichtet in der Avenue des Tilleuls, unweit des Zentrums von Cambremer. Ein großes, nach zwei Seiten geneigtes Schieferdach hatte die glückliche Idee gehabt, den oberen Teil des Gebäudes zu verdecken, wohingegen Blumenbeete und Sträucher den unteren umrankten. Was blieb, war diese lange, verputzte Wand, auf der knallblau »Gendarmerie nationale« geschrieben stand.

Der Souschef des *Bocage gourmet* rauchte vor der Glastür des Gebäudes, wartete darauf, nach innen gebeten zu werden, um seine Aussage zu machen. Eine Hand in der Hosentasche seiner Jeans, den Blick auf seine Turnschuhe gerichtet, trat er von einem Fuß auf den anderen, um seine Nervosität zu bekämpfen. Erst als Paco und Laure bei ihm ankamen und ihn im Vorbeigehen diskret grüßten, hob er den Kopf.

Die Journalistin musste sich das Konzert des Geklingels der Telefone, das Türenknallen, die überstürzten

Aufbrüche und hingebellten Befehle, die im Inneren der Räumlichkeiten widerhallten, nicht lange anhören. Antoine Cadour, Capitaine der Gendarmerie, holte sie nach einigen Minuten höchstpersönlich ab. Sie erkannte ihn sofort an seinem kantigen Kinn, mit dem er durchaus als Wikingerkarikatur hätte durchgehen können, wäre er nicht so überaus militärisch steif gewesen.

Ohne Umschweife kam Cadour auf das Wesentliche zu sprechen und verlas die Aussage der Journalistin, die sie einige Stunden zuvor gemacht hatte: ihre ganzen persönlichen Daten, den Grund ihrer Reise ins Calvados, ihre genaue Ankunftszeit im *Bocage gourmet* sowie ihre Beziehung zum Restaurant und seinen Gästen.

»Bestätigen Sie Ihre Aussage?«

»Ja. Dem habe ich nichts hinzuzufügen.«

»Das müssen Sie schon mir überlassen«, erwiderte der Gendarm schroff.

Er reichte der Journalistin neun Ausdrucke, auf denen Fotos der Opfer abgebildet waren.

»Lassen Sie mich das mal eben zusammenfassen. Die ersten beiden, die Sie dort sehen, Hubert Carré-Lamadon, der Generalrat des Calvados, und Mathieu Mirbeau, stellvertretender Bürgermeister von Yonville, sind verstorben. Die drei folgenden Personen – Gisèle Eisenstein, ihr Mann Aron Eisenstein und Hans Müller, Präsident der deutschen Abordnung – schweben zwischen Leben und Tod. Die verbleibenden vier Personen befinden sich ebenfalls in einem kritischen Zustand. Sie haben vorhin ausgesagt, Sie würden keinen der anwesenden Gäste im Restaurant kennen?«

Erschrocken über die Ernsthaftigkeit der Lage, bestätigte Laure dies mit einem schüchternen Nicken.

»Aber nichts ist endgültig, Sie wissen schon … Sie können Ihre Meinung immer noch ändern. Sollte Ihnen irgendein Detail einfallen, egal wie unbedeutend, dann teilen Sie mir das mit!«

Unter dem forschenden Blick von Antoine Cadour sammelte Laure sich wieder und betrachtete erneut eingehend jedes Foto. Doch sie musste ihre erste Aussage wiederholen: Diese Personen waren ihr völlig unbekannt.

»Gut, dann lassen Sie uns über etwas anderes reden. Kennen Sie das *Bocage gourmet* gut?«

»Natürlich. Ich habe mehrere Artikel über das Restaurant und seinen Chefkoch geschrieben. Die kann ich Ihnen zukommen lassen, wenn Sie möchten«, schlug die Journalistin vor, ernsthaft darum bemüht, behilflich zu sein.

»Gerne. Das packen wir zu den Unterlagen. Was haben Sie heute Mittag bestellt?«

Laure zögerte kurz; diese Frage überraschte sie.

»Die geschmorte Lammschulter … Aber leider hatte ich nicht die Gelegenheit, sie zu kosten.«

Der Gendarm machte sich Notizen, lauschte gleichzeitig Laures Erläuterungen.

»Was genau haben Sie denn … verspeist?«

»Den Gruß aus der Küche. Sehr deliziös übrigens und schön ausgewogen. Als Zutaten hatte der Chef …«

»Wir kennen die Zusammensetzung bereits. Was sonst noch?«

»Ich habe etwas Brot gegessen. Das ist alles.«

Die Journalistin hielt Bemerkungen über die Qualität des Brotes und die knusprige Kruste zurück.

»Dabei wissen Sie doch, dass das *Bocage gourmet* für seine *escalope de veau à la sauce normande* bekannt ist. Darüber haben Sie bestimmt in Ihren Artikeln geschrieben.«

»Natürlich. So manch einer fährt hunderte von Kilometern, um sie hier zu essen.«

»Nicht aber Sie.«

»Wie bitte?«

»Aus welchem Grund haben Sie die *escalope* nicht bestellt?«

»Weil ich das Lamm probieren wollte.«

»Warum?«, hakte der Gendarm misstrauisch nach.

Laure war klar, dass sie etwas weiter ausholen musste, wenn sie mit dieser Vernehmung abschließen wollte.

»Die Qualität der Produkte ist äußerst wichtig beim Kochen. Ein Chef kann Wunderbares vollbringen, aber keine Wunder. Und da diese Lämmer Gras fressen, das vom Meer überschwemmt wurde, hat ihr Fleisch einen ganz speziellen Geschmack. Aber sie wissen vermutlich, dass die Bezeichnung ›Salzwiesenlamm‹ nicht sehr genau ist. Es gibt zwei geschützte Herkunftsbezeichnungen, also zwei in Europa geschützte Herkunftsbezeichnungen: eine für die Baie de Somme, die andere für den Mont-Saint-Michel, bei allem anderen kann damit Schindluder getrieben werden. In jedem Fall entsprach die Qualität des Fleisches, das bisher ans *Bocage gourmet* geliefert wurde, nicht dem Talent des Chefs. Mir war bekannt, dass Adrien Cornudet seit kurzem mit einem neuen Züchter zusammenarbeitet, und ich wollte meinen Besuch dafür nutzen, das Ergebnis zu testen. Warum sollte das von Bedeutung sein?«

»Und Ihr Kollege?«, fuhr der Gendarm fort. »Der hat die *escalope* auch nicht gewählt. Er gab heute Mittag zu Protokoll, er habe unlängst seine Leidenschaft für *Tripes* entdeckt.«

Ein kurzes Lächeln huschte über Laures Gesicht, das sie sich umgehend wieder verkniff.

»Stimmt genau.«

»Da ist doch etwas, das Sie mir nicht sagen, Madame Grenadier!«

»Nichts Weltbewegendes«, seufzte Laure überdrüssig. »Er hat diesen Winter ein paar Kilo zugelegt, und da der Sommer kommt, achtet er darauf und vermeidet fettes Essen. Eitelkeit ist doch bestimmt kein Verbrechen, oder?«

»Nein.«

Capitaine Cadour blätterte jetzt durch seine Unterlagen, ohne sich weiter um Laures Anwesenheit zu kümmern.

»Moment«, sagte die Journalistin. »Ich … ich weiß nicht, was es mit dem Ganzen auf sich hat, aber eines kann ich Ihnen sagen: Ich kenne den Chefkoch Adrien Cornudet seit Jahren, und er hat immer vorbildlich gearbeitet. Noch nie ist ihm auch nur der geringste Fehler hinsichtlich der Hygiene unterlaufen. Und was die Kühlkette betrifft, die würde er selbst am Nordpol respektieren!«

»Ich danke Ihnen für die Erläuterung. Und da Sie ihn so gut zu kennen scheinen … wissen Sie, ob er Feinde hatte? Egal, ob nun offenkundige Feinde oder nicht.«

»Das weiß ich nicht. Adrien hat eine ganz eigene Persönlichkeit. Er hat einige Ehrungen abgelehnt, Auszeichnungen, von denen andere träumen. Er ist integer, macht keine Kompromisse, aber … Nein, das weiß ich nicht.«

»Verstehe.«

Der Capitaine verfasste das Besprechungsprotokoll, formulierte es laut vor sich hin, aber Laure hörte nur noch mit halbem Ohr zu. Durch das Fenster betrachtete sie auf der anderen Seite der Avenue des Tilleuls ein langgezogenes, von einer perfekt geschnittenen Hecke eingefasstes Fachwerkhaus. Der ganze normannische Charme, auf den sie sich heute Morgen so gefreut hatte, als Paco von der Ringautobahn gefahren war, um auf die A 13 zu gelangen, erstreckte sich jetzt direkt vor ihr, allerdings hatte sie sich da beileibe nicht vorgestellt, ihn unter solchen Umständen wiederzufinden.

Antoine Cadour holte Laure aus ihrer Träumerei, indem er ihr das Protokoll hinhielt, damit sie es durchlas, ehe sie es unterschrieb. Er nutzte diesen Moment, um eine Liste mit Namen durchzugehen und einen seiner Kollegen zu rufen.

»Bringen Sie mir in fünf Minuten den nächsten Zeugen. Name: Alvarez, Vorname … Erme … Erne … Ermene …«

Antoine Cadours Stirn runzelte sich, und an seiner rechten Schläfe trat eine Vene hervor. Laure beschloss, sich barmherzig zu zeigen und die Misslichkeit des Gendarmen abzukürzen:

»Es heißt ›Ermenegildo‹, aber wenn Sie ihn ›Paco‹ nennen, weiß er, dass er gemeint ist.«

6

Von der kleinen chinesischen Brücke aus betrachtete Adrien Cornudet die Überreste seines nunmehr befleckten Ruhms. Rotleuchtendes Absperrband verunstaltete die Fachwerkmauern des *Bocage gourmet* und verhinderte den Zutritt. Der Chef hatte dennoch das Recht gehabt, ein paar persönliche Gegenstände mitzunehmen, ehe die Durchsuchung ganz abgeschlossen war und man das Restaurant im schlimmsten Fall für immer, im besten auf unbestimmte Dauer schloss.

Als Paco den Leihwagen auf dem Parkplatz abstellte, bemerkte er die tiefen Spuren im Kies, die die Transporter der Gendarmerie mit ihrem ständigen Hin und Her verursacht hatten. Noch ehe der Motor abgeschaltet war, stieg Laure aus und gesellte sich zum Chefkoch. Dieser erkannte den Gang der jungen Frau von weitem und ging seinerseits auf sie zu, dankte ihr für ihr Kommen. Im Augenblick war sie die einzige Journalistin, mit der er sprechen mochte.

»Laure, ich habe das Gefühl, gerade in einem Alptraum zu leben. Ich rede mir ein, dass ich aufwachen werde, dass das alles gar nicht passiert ist. Ich bin gefangen in einem Strudel, der nicht aufhört, sich zu drehen. Als ich heute Mittag die ersten Schreie aus dem Speisesaal hörte, dachte ich zuerst an einen Schwächeanfall, eine Magenverstimmung, aber nichts Schlimmes. Nicht an dieses … Massensterben! … Das ist alles so surreal. Ich fühle mich schrecklich schuldig, weiß aber gar nicht, weshalb.«

»Sie trifft keine Schuld«, sagte Laure und legte dem Koch eine Hand auf die Schulter. »Ganz bestimmt gibt es eine Erklärung, selbst wenn im Moment alles noch recht undurchsichtig scheint.«

»Ich weiß schon. Na ja, ich glaube zu wissen … Ich hoffe es jedenfalls! Zwei Kranke während einer Schicht, das kommt selten genug vor, aber neun Tote, Sie müssen zugeben, dass …«

»Es sind nur zwei Personen gestorben«, korrigierte ihn die Journalistin. »Zeichnen Sie das Bild mal nicht düsterer, als es tatsächlich ist!«

»Die anderen werden es doch auch nicht schaffen. Seit einigen Stunden ist ohnehin alles katastrophal … Warum sollte da noch was in Ordnung kommen?«

Adrien Cornudet sah, dass Paco sich zu ihnen gesellte, beachtete ihn aber nicht weiter.

»Außerdem habe ich da Zweifel, oder eher eine Befürchtung. Während es heiß herging, war ich einige Minuten nicht in der Küche, sondern bei Ihnen im Saal.«

»Als wir über Ihr Salzwiesenlamm sprachen. Ja, und?«

»Ich weiß nicht, was sich hinter meinem Rücken abspielte.«

»Verdächtigen Sie jemanden aus ihrem Team?«

»Nein … aber vielleicht ja doch. Ich weiß es nicht, ich stehe noch unter Schock. Die Durchsuchung war ein sehr schmerzlicher Moment für mich, verstehen Sie. Mir war wirklich nicht klar, was die Beamten suchten, und ich glaube, das wussten sie zunächst selbst nicht so genau. Sie haben von allem Proben genommen. Überall rumgeschnüffelt. Ihnen dabei zuzusehen, wie sie mein Restaurant auseinandernehmen, wie sie jedes Salzkörnchen verdächtigen, da dachte ich, ich würde paranoid … Und dann haben sie auch noch alle möglichen Unterlagen eingepackt. Ich weiß nicht, was sie damit anfangen wollen, ich kann nur sagen, viel Glück, meinen ganzen Papierkram hab ich nämlich schon seit Ewigkeiten nicht mehr geordnet! Ab und zu kommt mein Buchhalter vorbei und nimmt sich mit, was er braucht, aber der Rest …«

»Ich kann mir gut vorstellen, wie hart das gewesen sein muss, aber sagen Sie sich einfach, dass die Beamten alles tun, um diese Affäre schnell aufzulösen, und es schon bald nur noch eine unschöne Erinnerung ist. Ich weiß, dass Sie sich nichts vorzuwerfen haben, das habe ich denen auch erzählt, grad vorhin …«

»Sie waren auf dem Revier?«, fragte Cornudet ganz außer sich.

»Nur um unsere Aussagen zu machen und uns die Fotos der Opfer anzusehen. Alles Routine, in gewisser Weise, allerdings wollte der Capitaine wissen, weshalb wir nicht Ihre *escalopes* bestellt hatten.«

Aschfahl fing Adrien Cornudet an, den Zipfel seiner schwarzen Kochjacke zu kneten, die er aufgeknöpft trug.

»Ich weiß, weshalb«, gestand er. »Die Gendarmen haben die Bestellzettel mitgenommen, aber ich brauche keine Papierschnipsel, um mich an den Ablauf dieser verfluchten Schicht zu erinnern. Den werde ich wohl nie vergessen können …«

»Und …?«

»Als die ersten Anzeichen von Unwohlsein auftauchten, hatte ich neun *escalopes* rausgeschickt«, erklärte Cornudet. »Sieben für den Tisch der Staatsgäste, zwei für Tisch Nummer vier. Das ist der kleine runde in der Ecke, rechts, gleich beim Fenster, an dem immer dieses Rentnerehepaar sitzt. Pariser, die Anfang der Achtziger ein kleines Haus in Houlgate gekauft haben. Sie haben den Urlaub mit der Familie regelmäßig hier verbracht und sind seitdem Stammgäste.«

»Die Eisensteins.«

»Kennen Sie sie etwa?«, fragte der Koch überrascht.

»Nein, ihr Foto war unter denen der Opfer, vorhin auf dem Revier.«

»Sie sind tot?«

»Sie liegen noch immer im Krankenhaus.«

Der Chefkoch seufzte und versuchte gar nicht erst, seine Traurigkeit zu verbergen.

»Sie hatten vor, ihren fünfzigsten Hochzeitstag diesen Herbst hier zu feiern. Wir wollten dafür ein besonderes Menü erstellen, da eine ihrer Töchter sehr gläubig ist und es für sie nicht in Frage kommt, Fleisch mit einer Sauce à la crème zu essen. Es gibt da eine koschere Vorschrift …«

»›Du sollst das Zicklein nicht in der Milch seiner Mutter kochen‹«, bestätigte Laure.

»Genau. Die Eltern sind nicht sehr gläubig, aber die Tochter …«

»Entschuldigen Sie, wenn ich Ihre biblischen Ausschweifungen unterbreche«, sagte Paco beunruhigt. »Sie haben uns gesagt, das Gericht mit der Crème sei den neun Opfern serviert worden … Und wem sonst noch?«

»Niemandem«, räumte der Koch ein. »Während der Durchsuchung ist ein Team von Kriminaltechnikern zurückgekommen, um weitere Proben von der Sauce und besonders von der Crème fraîche zu nehmen. Im Übrigen haben sie auch die Becher eingepackt, die wir heute Morgen geliefert bekamen, und eine Unmenge Fragen dazu gestellt.«

»Sie haben seit Jahren denselben Zulieferer. Der ist doch zuverlässig, oder?«, fragte Laure.

»Voll und ganz! Der ist hier im Dorf, und es gab noch nie Probleme mit ihm. Ich habe genau erklärt, wie es abläuft, wann wir jeden Morgen beliefert werden, wer die Becher in Empfang nimmt …«

»Wer denn?«

»Entweder ich oder mein Souschef. Die Gendarmen haben daraufhin erneut die Kältekammer und die Kühlschränke untersucht …«

»Also glauben sie, mit der Zubereitung der Crème stimmt etwas nicht«, schlussfolgerte Laure.

Cornudets Handy vibrierte in seiner Hosentasche. Er schaute darauf, erkannte die Nummer seiner Frau und entfernte sich, um den Anruf entgegenzunehmen.

»Wir fahren zurück«, entschied Laure und winkte dem Chefkoch zu. »Wir haben zu tun und werden nicht hier rumstehen, während er mit seiner Frau redet.«

»Zumal er davon profitieren sollte«, meinte Paco.

»Weshalb sagst du das?«

»Angesichts der jüngsten Entwicklungen laufen sie Gefahr, eine ganze Weile getrennt zu sein: sie zu Hause, er … im Kittchen.«

7

Die Nacht war zu kurz. Laure hätte gerne etwas mehr geschlafen, doch Schlaf war nur schwer zu finden. Zu den schrecklichen Bildern von gestern und der Sorge, ihre Reportage abbrechen zu müssen, kamen noch das schaurige Knarzen des Hauses, eine vor lauter Angst gereizte Verdauung und eine schneidende Kälte, die ihr Schauer über den Rücken jagte. Das Essen am Vorabend war sehr einfach ausgefallen, sie hatten das kalte Rind und den japanischen Salat aufgegessen, ehe sie die säuerlichen Noten eines *Riz à l'Impératrice* kosteten, inspiriert durch die Lektüre von »Eine Liebe Swanns«. Charles Moreau hatte die Zubereitung der Gerichte bis ins kleinste Detail beschrieben. In Übereinstimmung mit Laures Vorschlägen würde er wohl zu Apfelessig wechseln, um die Salatsauce leichter zu machen und stärker herauszuarbeiten, außerdem würde er weniger Maraschino und nur eine halbe Vanilleschote nehmen, um den Reisauflauf nicht zu überladen. Es war ihm leichtgefallen, den Anregungen der Journalistin zuzustimmen, die so taktvoll vorgegangen war, ihre Einwände im Sinne von Prousts Texten vorzubringen. Es handle sich schließlich vielmehr darum, die Evokation zu interpretieren, als ein Rezept wortwörtlich aus den Kochbüchern der Belle Époque nachzukochen.

Das Frühstück war ein Fest aus Mandelkuchen, kleinem Hefegebäck und Rosinenkuchen, wie sie in den verschiedenen Bänden der »Suche« auftauchten. Auch die Gaumenfreuden von »Jean Santeuil« waren vertreten, und Charles musste unbedingt eine Passage daraus vortragen, nachdem er sich genüsslich über den Schnurrbart gestrichen und eine weiße Keramikplatte hereingebracht hatte, auf der zu bewundern war, wie »... kleine[], kaum merkliche[], in der goldenen Eierflut halb untergegangene[] Speckflottillen belebt wurde[n], die jeder gern auf der Stelle aus dem Schiffbruch rettete«.

Laure hatte überhaupt keine Lust, außer Haus zu gehen, sie wollte den Vormittag lieber bei ihrem Freund verbringen, die zukünftige Karte seines Restaurants studieren und die aufgestapelten Unterlagen durchgehen, die er bei seiner Suche nach verlorengegangenen Menüs zusammengesammelt hatte. Paco sollte inzwischen nach Cabourg fahren, ihr Dossier vorantreiben und Fotos schießen, damit Daphnée für die Illustration der nächsten Ausgabe, die ganz den normannischen Leckereien gewidmet war, ausreichend Material hatte. Gerne kam er dieser Planänderung nach und fuhr direkt zur »Plage aux Romantiques«, dem Strand, der den Kurort so berühmt gemacht hatte. Zu dieser Jahreszeit waren nicht viele Leute dort, abgesehen von einer Handvoll Joggern, die an der Promenade entlangliefen, ein paar älteren Damen, die mit ihren Pudeln redeten, und einem Pferd, das in der Ferne gleich einem Schattenspiel dahingaloppierte. Die Ebbe bot Paco ein paar interessante Blickwinkel, und er benutzte verschiedene Filter, um das flach einfallende Licht einzufangen, durch das der Raum derart weit erschien, als wäre der Sandstrand grenzenlos, wie verschmolzen mit dem Blassgrau des Meeres und dem Aschgrau des Himmels.

Danach streifte er lange beim *Grand Hôtel* herum, dem Proust aufs Innigste verbunden gewesen war. Paco wusste, dass der Schriftsteller dort oft residiert und sich gerne in der wattierten Eleganz des Gebäudes, in seinem beruhigenden Komfort und dem von ihm »Aquarium« genannten großen Speisesaal, mit der zum Strand zeigenden Fensterfront, aufgehalten hatte. In einer solchen Umgebung drängten sich die Aufnahmewinkel ganz von selbst auf: Paco knipste, ohne sich groß zu verkünsteln. Die Architektur, die Verzierungen, das Spiel des Lichts, alles verlangte danach, den Lauf der Zeit zu unterbrechen. Er bat darum, Prousts Zimmer im vierten Stock zu sehen. Ein

Himmelbett, ein Strauß gelber Rosen, eine kleine Bibliothek: Die Bescheidenheit des Ortes überraschte ihn. Nachdem er hinter die Kulissen des Palastes geblickt hatte, verbrachte er einen langen Moment in der Küche mit Chefkoch Christophe Hamonou, ehemals bei *Taillevent* und *Fouquet's* angestellt, dem er Grüße von Laure Grenadier überbrachte.

Die Stadt Cabourg, von Proust in Balbec umbenannt, barg viele Überraschungen, die es aufzustöbern galt. Die Villen an der Uferpromenade, wie auch die im Zentrum, richteten sich majestätisch inmitten baumbewachsener Parks auf und waren von blühenden Gärten umgeben. Es war, als verströmte dieser Ort einen verstaubten Duft nach altem Familiengeschlecht, fortbestehenden Traditionen, unwandelbaren Ferien zwischen Strandkabinen, zu süßen Waffeln, Grazien mit Sonnenhut, Liegestühlen aus hellem Holz und gemütlichen Spaziergängen an der Uferpromenade.

Auf Empfehlung von Laure ging Paco danach zur Hausnummer 6 der Avenue de la Mer in den Laden des Hauses Dupont, einer alteingesessenen, 1912 gegründeten Institution. Übernommen hatte sie Confiseur Jean-Pierre Étienvre, von der Toque d'Or als Meilleur Ouvrier de France ausgezeichnet, und zeigte sich unter neuem, durchaus humorvollem Namen: *Dupont avec un thé,* zu Deutsch Dupont mit einem

Tee. Daphnée hatte Paco telefonisch angekündigt, folglich erwartete der Verantwortliche des Ladens seinen Besuch und ließ ihn ungezwungen umhergehen. Paco wandelte durch den Salon in der ersten Etage, machte Fotos von der schmiedeeisernen Treppe nach unten, mehrere Nahaufnahmen von Gebäckstücken und vom Saal im Erdgeschoss aus Panoramaaufnahmen. Man gewährte ihm Zugang zur Backstube und zum Konditorei-Labor, wo er sehr wenig fotografierte, weil er nicht genug Abstand hatte.

Sobald er der Meinung war, genug Material zu haben, um das Thema zu illustrieren, räumte er seinen Fotoapparat weg und nahm schließlich das Angebot an, die Pralinen zu kosten, die eine Verkäuferin auf einem Teller für ihn zusammengestellt hatte. Er verzog sich damit in eine Ecke der Feinbäckerei, setzte sich an einen kleinen Tisch und gab sich völlig ungeniert einer Orgie aus Ganache, Nougat und Krokant hin, gefolgt von Café-, Zitronen- und Pistazien-Biskuits, kleinen Honig- und Gewürztörtchen, mit Puderzucker bestäubten Schoko-Orangen-Pralinen, dunklen Schokoladenrochers und knusprigen *Feuilletines au lait*. Obwohl er sich systematisch vollstopfte, hielt er sich bei den Pralinen mit Darjeeling- und Lapsang-Souchong-Füllung zurück und steckte sie für Laure ein.

Ehe er den Laden verließ, erlag er aber noch der

Versuchung und kaufte zwei Sauerteig-Baguettes, eine Schachtel kandierte und in Schokolade getauchte Orangenstreifen, ein paar Baisers und eine für Charles bestimmte Schachtel »Proust-Madeleines«. Vermutlich kannte der sie schon, würde aber ganz bestimmt versuchen, sie zu übertrumpfen; also konnte man sich auf eine vergleichende Analyse gefasst machen.

Er ging die Avenue hinauf zu seinem Auto, das in der Nähe der Kirche Saint-Michel geparkt war – und blieb mit einem Mal vor einem Zeitungskiosk stehen. Auf dem metallenen Verkaufsständer neben der Vitrine hing das Lokalblatt, das auf der ersten Seite groß verkündete:

Siebzig Jahre danach,
ein neues deutsches Opfer

Der Titel war nicht gerade geschmackvoll, aber Paco nahm ein Exemplar, ging hinein, um zu bezahlen, und kam gleich darauf ganz vertieft in den Artikel wieder heraus. In einem Tonfall, der objektiv sein wollte, jedoch die ein oder andere Spitze losließ, hielt der Kolumnist eine Lobrede auf den Besitzer des *Bocage gourmet* für seine außerordentliche Leistung während der letzten zehn Jahre. Unter Zuhilfenahme reichlicher Metaphern erwähnte er die berühmte Sauce à la crème, kreiert vom verstorbenen Gérard Cornudet, dem Vater des aktuellen Chefs, als dieser die Auberge zu Beginn der Sechziger eröffnete. Nach wie vor sei die Zusammensetzung der Crème ein ungelüftetes Geheimnis.

Nüchtern wurde über den Tod von Hans Müller berichtet, dem Präsidenten der deutschen Delegation, ohne weitere Informationen hinsichtlich einer möglichen Verbindung zur Uniklinik von Caen zu liefern. Es folgte eine äußerst gewagte Parallele zwischen der Sämigkeit der Crème und der Undurchsichtigkeit der von den Gendarmen geführten Ermittlungen, ehe eine vollständige Liste der anderen Opfer erstellt wurde, die noch immer auf der Intensivstation lagen. Aus der Knappheit, in der ihre Biographien verfasst waren, ging eindeutig hervor, dass die Redaktion bereits angefangen hatte, ihre Nachrufe zu formulieren: Ehrenlegion, die verschiedensten Medaillen, aufeinanderfolgende Mandate, Präsidentschaften verschiedener Kommissionen. Die Lobreden klangen durchaus schon nach Einsargung.

Lebensmittelvergiftung? Kollektive Vergiftung? Böswillige Aktion einer politischen Gruppe? Vorsätzliche Schädigung des Restaurants? Terror durch Gegner der Europäischen Union? Fehler im Arbeitsablauf? Unterbrechung der Kühlkette? Einfaches Familiendrama oder Rivalitäten innerhalb des Gastronomieverbandes? Sozioprofessionelle Forderungen? Einzeltat eines

Psychopathen? Die Fragen und Vermutungen folgten ohne irgendeine Theorie aufeinander. Der Artikel endete mit dem Satz: »Vielleicht wird durch die Aufklärung des Falles ja endlich das berühmte Rezept enthüllt, das bislang so streng geheim gehalten wurde.«

Paco riss die Seite heraus, faltete sie zusammen, steckte sie in die Innentasche seines Parkas und warf die restliche Zeitung in den Müll.

8

»Duo vom Ochsenschwanz und von der Rinderbacke, in Wein geschmort, serviert mit Makkaronigratin an reduzierter schwarzer Trüffelsauce!«, verkündete der Maître d'hôtel feierlich, während ein Kellner den noch heißen Teller abstellte.

Laure Grenadier betrachtete verzückt, wie ihr Teller angerichtet war, dann warf sie einen Blick auf das Steinbuttfilet vom Grill mit gebackenen Kartoffeln an Knoblauch mit leicht säuerlicher Note, das Paco gewählt hatte.

»Das sieht toll aus«, sagte sie, beugte sich nach vorn, um die aufsteigenden Aromen besser einzufangen.

Während der Vorbereitung für die Reportage im Calvados hatte Laure *Le Pavé d'Auge* sogleich auf der Liste der zu testenden Restaurants vermerkt. Abgesehen von der Kreativität und der Erlesenheit der Gerichte, die Jérôme Bansard, der Sternekoch des Restaurants, zubereitete, bot die privilegierte Lage inmitten des Dorfes Beuvron-en-Auge, im Gemäuer der ehemaligen Markthalle, genug Stoff für schöne, repräsentative Fotos der Region. Dementsprechend war Paco vor dem Essen mit einer Leica in der Hand durch das Städtchen gebummelt, während die Journalistin die örtliche Presse auf der Suche nach neuen Details zum Vorfall im *Bocage gourmet* quergelesen hatte.

»Ist in deinem Gratin Crème fraîche?«, fragte Paco besorgt.

»Aber sicher doch, das kann man schlecht mit Wasser machen.«

»Das finde ich nicht sehr umsichtig. Nach den gestrigen Ereignissen müssten wir solche Gerichte meiden.«

»Ich wüsste nicht, weshalb ich mir Sorgen machen sollte.«

»Genau das haben wir gestern auch gedacht, als wir beim Restaurant eingetroffen sind. Wir hatten viel Glück. Man darf das Schicksal nicht herausfordern.«

»Paco, es steht noch nicht einmal fest, dass die Crème tatsächlich die Todesursache ist.«

»Hast du etwas Neues aus der Zeitung erfahren?«

»Nichts. Alle schreiben über den Tod von Hans Müller und enden mit derselben Frage: Wer wird der Nächste sein? Ich bin mir nur sicher, dass das nicht ich bin!«, warf ihm Laure an den Kopf und schob sich eine große Portion Gratin in den Mund.

Langsam kaute die junge Frau ihren Bissen, nahm

noch einen zweiten, dann einen dritten, während Paco mit ängstlichem Blick auf ein Anzeichen von Unwohlsein wartete und sein eigenes Essen darüber völlig vergaß.

»Na, siehst du … Es geht mir sehr gut. Und weißt du, warum? Selbst wenn die Crème fraîche tatsächlich der Grund für das Drama im *Bocage gourmet* war, laufen wir hier keine Gefahr. Das *Pavé d'Auge* hat nicht denselben Zulieferer.«

»Bist du dir da sicher?«

»Es gehört zu meinem Job, solche Dinge zu wissen, Paco! Jetzt stell dich nicht so an, wir teilen uns nachher meinen Nachtisch: den knusprigen Millefeuille mit Ananas, Mangocrème und etwas Saft von der Passionsfrucht. In der Konditorei wird die Ananas häufig falsch oder nur mittelmäßig zubereitet, dabei kann sie so göttlich sein. Und hier ist es einfach ein Gedicht, das weiß ich.«

Das weitere Essen verlief ohne Zwischenfall oder Unwohlsein bei einer entspannten Unterhaltung. Laure lobte die Rinderbacke in den höchsten Tönen, regte sich darüber auf, dass dieses Stück Fleisch, obwohl es so zart, wohlschmeckend und billig war, leider nicht häufig angeboten wurde. Sie erwog, der Rinderbacke in der nächsten Ausgabe von *Plaisirs de table* eine kurze Kolumne zu widmen. Der Fotograf fasste seine Fotosession für sie zusammen und erzählte von der Erkundung dieses Dorfes im Pays d'Auge, von den Fachwerkhäusern, die den Dorfplatz einrahmen, und dem etwas abseitiger gelegenen Herrenhaus des fünfzehnten Jahrhunderts mit seinen schmalen Erkerfenstern, dem Türmchen auf dem Dach und seiner beunruhigenden Ausstrahlung. Der Form halber beschwerte er sich über die japanischen Touristen, die sich überall auf dem Platz verteilt und den Ort in Windeseile besichtigt hätten, ehe sie wieder in ihren klimatisierten Bus Richtung Mont-Saint-Michel gestiegen seien. Beim Nachtisch angekommen, den er trotz aller anfänglichen Vorbehalte kostete, räumte er ein, seinen Spaziergang genossen und ein facettenreiches Dekor fotografiert zu haben – seiner Meinung nach etwas zu sehr »Kitschpostkarte«.

Laures Programm zufolge würden sie den Nachmittag über einige Erzeuger entlang der Route du Cidre besuchen, ein Parcours von rund vierzig Kilometern zwischen dem Verkosten der zuletzt geernteten edlen Tropfen und dem Entdecken von Dörfern mit der typischen Architektur des Pays d'Auge. Laure hatte eine Auswahl getroffen, ehe sie aus Paris abgereist waren, und beschloss, ihre Tour mit dem Erzeuger zu beginnen, der Beuvron am nächsten war. Auf der Fahrt erläuterte sie Paco in groben Zügen den Apfelanbau, die verschiedenen Sorten für den Verzehr und für die Erzeugung von Cidre, Calvados oder

Pommeau und schließlich die der Safterzeugung vorbehaltenen Sorten.

»Die Ferme des Billettes, zu der wir gehen, hat wenig unter dem Sturm von 1999 gelitten. Die Erzeuger, die Houlbrèque, haben hochstämmige Apfelbäume beibehalten, genau wie andere Erzeuger in der Region.«

»Ist das nicht immer der Fall?«

»Nein, man spezialisiert sich zunehmend auf den Obstwiesen. Man pflanzt niedrigstämmige Apfelbäume, die häufig maschinell geerntet werden. Aber auf die Ferme des Billettes trifft das nicht zu, noch dazu mit ihrer Milcherzeugung: Die Kühe sollen schließlich unter den Apfelbäumen weiden können.«

»Alles in allem ist das hier also ein Konzentrat der Normandie«, bemerkte Paco. »Crème und Äpfel!«

»Aus gastronomischer Sicht hast du recht. Doch was das Dekor betrifft, so fehlt bei deinem Slogan ein Element, das sich übrigens auch auf dem Hof befindet und ohne das man nicht ganz in der Normandie ist.«

»Das Fachwerk, nehme ich an?«

»Ich spreche nicht von Architektur, sondern von Lebewesen.«

»Pariser?«

»Nein! Pferde… Direkt neben dem Hof liegt ein Gestüt. Außerdem wird die Ferme des Billettes auch ›Gestütshof‹ genannt.«

Sie durchquerten das Zentrum von Yonville, fuhren in Richtung Cambremer weiter und bogen nach rechts auf einen breiten, schnurgeraden Gemeindeweg ab, der zur Cidrerie führte. Zu beiden Seiten, wenige Meter neben dem gleichmäßig gemähten Straßenrand, begrenzte ein Zaun mit Querlatten den Weg über mehrere hundert Meter.

»Ziemlich gepflegt für eine Einfahrt«, sagte Paco bewundernd.

»Ich vergaß, dir zu sagen, dass dieser ganze Bereich hier zu einem Schloss gehört … Ein riesiges Anwesen. Davon gibt es überall im Calvados recht viele. Man sieht sie besser im Winter, wenn die Bäume keine Blätter mehr haben.«

»Was ist …?«

Paco konnte seinen Satz nicht beenden und wich hastig auf den Randstreifen aus. Ein Polizeitransporter raste ihnen mit heulender Sirene auf dem Weg entgegen. Es war nicht zu erkennen, wer sich im Inneren des Transporters befand, der einen Schwung Kiesel gegen die Fahrertür schleuderte.

»Glaubst du, es gibt einen neuen … Fall?«, fragte der Fotograf.

»Ich denke nicht«, antwortete Laure, auf deren Gesicht sich mit einem Mal ein trauriger Ausdruck breitmachte.

»Was ist los? Geht's dir nicht gut?«

»Nein. Es gibt noch eine Sache bezüglich der Ferme des Billettes, die ich erwähnen sollte … Sie liefern die Crème fraîche ans *Bocage gourmet*.«

9

Anne Houlbrèque hatte vom Leben nicht erwartet, dass es sich nachsichtig mit ihr zeigte. Ihre Eltern hatten sich nur für den Moment ihrer Erzeugung geliebt und das Kind schnell den Großeltern überlassen, von denen es wie ein Fehler behandelt wurde, mit dem man nun mal zu leben hatte. Schon im zartesten Alter war sie aufs Internat geschickt worden und musste dort die Spötteleien ihrer Klassenkameraden ertragen, die sie »Bonsai« nannten, weil sie so klein war und so gebogene Beine hatte. Dieser schlechte Start hatte sie jedoch nicht gebrochen, sondern sie vielmehr mit einem energischen Charakter, einer eisernen Moral und einem unverwüstlichen Willen ausgestattet, die es ihr erlaubten, trotz all dieser Hindernisse ihren Weg zu gehen. Da sie ihren sehnigen, knotigen Körper für ein gutes Arbeitsgerät hielt, machte sie ein Diplom als Landschaftsgärtnerin und lernte beim Unkrautjäten in einem Beet der Gemeinde von Yonville ihren zukünftigen Mann kennen, Marc Houlbrèque, einen hochgewachsenen Riesen, der auf der Ferme des Billettes Äpfel anbaute und Kühe züchtete. Er war dem Charme dieser entschlossenen Frau sofort erlegen, die ihren Frieden nur in der Arbeit fand. Heute wurde Anne Houlbrèque von Zweifeln geplagt.

Laure fand sie niedergeschlagen auf den Stufen der Außentreppe vor, wie sie auf die Allee starrte, durch die ihr Mann in dem blauen Lieferwagen abtransportiert worden war.

»Ich … Wir kommen für die Reportage … Ich hatte ausgemacht, dass wir heute vorbeischauen würden, aber ich …«

»Sie konnten ja nicht wissen, dass man ihn mitnimmt. Ich hab selbst noch nicht so recht begriffen, was eben passiert ist.«

Dann drehte sie den Kopf zu Laure und fragte:

»Laure, das stimmt doch, oder?«

Diese nickte und stellte ihren Fotografen vor.

»Ich hab's nicht so mit Vornamen. Nehmen Sie's mir nicht übel. Gesichter, das schon, aber Vornamen … nein.«

»Kein Problem. Wir können zu einem anderen Zeitpunkt kommen. Heute ist es für Sie nicht gerade optimal.«

»Und morgen wird's nicht besser. Das alles, was Sie hier vor sich haben, ist vorbei.«

»Jetzt malen Sie das doch nicht so schwarz. Die Ermittlung ist im Gang und …«

»Es ist vorbei, sag ich Ihnen. Die Gendarmen haben gesagt, Blausäure ist schuld an dem Massaker. Blausäure in unserer Crème, die wir genau an dem Morgen geliefert haben. Die Gendarmen haben uns einen Haufen Unterlagen mit Formeln gezeigt. Das reinste Fachchinesisch… da weiß man gar nicht mehr, wo einem der Kopf steht. Die haben nur immer wieder gesagt, das ›Krankheitsbild der Opfer ist typisch für…‹ was weiß ich noch mal. Die sind sich ihrer Sache ganz sicher. Die arbeiten Tag und Nacht an dem Fall, ich glaub, denen macht man gewaltig Druck von oben. Kaum waren sie da, haben sie alles durchsucht. Hab schon gedacht, die schauen sogar unter den Klauen der Kühe nach. Und der große Blonde, der die Befehle gegeben hat…«

»Capitaine Cadour?«

»Kennen Sie den etwa?«, fragte Anne Houlbrèque schroff.

»Nicht weiter. Ich musste seine Befragung auch über mich ergehen lassen, schließlich waren wir gestern im *Bocage gourmet* und…«

»Und Sie haben nichts?«

»Nein. Weder Paco noch ich. Wir sind die Einzigen, die unbeschadet davonkamen, zusammen mit einem Paar hier aus der Gegend: Immobilienmakler, die übrigens einen ganz netten Eindruck machten.«

»Die Varnetots?«, blaffte Anne Houlbrèque mit unverhohlener Verachtung.

»Ja, genau … Sie mögen sie wohl nicht besonders?«

»Ich will die ja nicht kritisieren, aber ich kann sie nicht ausstehen. Und wenn ich sie nach ihrem Neffen beurteilen müsste, dann wären sie schon verurteilt!«

»Wieso das?«

»Ein richtiger Nichtsnutz. Hat vor sechs Monaten bei uns gearbeitet … ist es aber nicht wert, dass ich viele Worte über ihn verliere. Wir mussten ihn rausschmeißen.«

Anne Houlbrèque musterte ihre Gäste.

»Hören Sie, ich brauch jetzt 'ne Stärkung und hab mir geschworen, niemals allein zu trinken. Was halten Sie von einer Kostprobe meiner Erzeugnisse? Das ist alles, was mir noch bleibt.«

Sie machten es sich in der Küche gemütlich, einem rechteckigen Raum, in dem ein riesiger Eichentisch mit schmalen Bänken stand. Neben dem Kamin schlief ein Hund undefinierbarer Rasse tief und fest, nahm die Anwesenheit von Fremden überhaupt nicht wahr. Anne Houlbrèque servierte einige ihrer edelsten Tropfen Cidre und Calvados und ließ sich über den Ablauf der Durchsuchung aus: wie die mit Fläschchen und Spritzen bewaffneten Gendarmen die Proben entnahmen, die endlose Befragung durch den Capitaine und die polizeilich versiegelten Türen der Gebäude des Betriebs.

»Gleichzeitig bekommen wir so einen Vorgeschmack auf das, was uns erwartet«, schloss sie. »Von da bis zum Rausschmiss …«

»Aber es ist doch keine Rede von Enteignung! Warum sagen Sie denn so etwas?«, fragte Laure erschüttert.

»Mit so einer Werbung und einer Ermittlung, die sich immer mehr in die Länge zieht, gehen unsere Verkaufszahlen in den Keller, und mit einem Minus kann man keinen Kredit zurückzahlen.«

»Sie mussten Schulden machen?«, wagte sich Paco vor.

»Um Ländereien zu kaufen, ja. Dieser Hof, das sind unsere Wurzeln. Mein Mann ist hier geboren, und ich … Ich hab hier angefangen, glücklich zu sein. Mein Schwiegervater hat die Obstwiesen schon zu Zeiten des Grafen bewirtschaftet. Den haben einige kritisiert, den Grafen Fernand d'Amoys d'Yonville, ich weiß schon … Man hat ihm nachgesagt, dass er seinen Titel gekauft haben soll, aber mit uns war er immer korrekt. Sogar nett. Hat gefragt, ob die Ernte gut war, und uns auch mal besucht, einfach so, zum Vergnügen, hat sogar die Namen für ein paar Kühe ausgesucht, die hier geboren wurden. Er war stolz auf das, was wir machten. Als er dann vor fünf, sechs Jahren krank wurde und angefangen hat, über sein Erbe nachzudenken, haben wir ihn gefragt, ob wir die Ländereien kaufen könnten. Er hat keine Kinder, seine Frau war tot, wir wussten nicht, wer sein Erbe antreten würde, also wollten wir schon mal vorsorgen.«

»War er einverstanden, die Ländereien an Sie zu verkaufen?«

»Noch dazu zu einem angemessenen Preis. Das Geld wurde in die Renovierung von ein paar alten umliegenden Höfen gesteckt und dann auch noch in … was anderes … schlechte Wahl, aber na ja, das konnte er doch nicht ahnen, der Ärmste.«

»Warum sagen Sie das?«

»Mit dem Geld, das wir ihm gegeben haben, hat er zwei Scheunen vom Gestüt reparieren lassen!«

»Ja und?«

»Ja, wissen Sie das denn nicht? In seinem Testament hat der Graf alle Ländereien der Gemeinde vermacht, darunter auch das Gestüt, und es ist noch nicht zu lange her, da hat der Herr Bürgermeister beschlossen, dass er hoch hinaus will. Hat das Gestüt an Leute aus Katar verkauft! Mit ihren Milliarden hätten die sie aus Diamanten bauen können, die beiden Scheunen! Wenn wir jetzt jeden Monat den Kredit abstottern, dann tut das schon weh. Die Armen finanzieren die Reichen.«

»Das wusste ich nicht«, räumte Laure ein.

»Die sind in der ganzen Region hinter Gestüten her. Völlig verrückt nach Pferden sind die, und man muss ja auch ehrlich sagen, dass das Klima hier besser passt als bei denen. Ein englisches Vollblut unter vierzig

Grad mitten in der Wüste – ist doch klar, dass es kein Rennen bis zum Schluss durchhält.«

»Wenn ich das richtig verstehe, dann befürchten Sie, Sie könnten Ihren Betrieb verlieren, weil Sie nicht mehr in der Lage wären, Ihren Kredit zurückzuzahlen«, sagte Laure.

»Genau! Mein Mann, der wird schon für unschuldig erklärt werden, was anderes ist gar nicht möglich, oder aber ich kenne meinen Mann nicht. Was die Ratenzahlungen betrifft, da glaub ich nicht, dass die Äpfel uns retten werden. Wir dachten, mit der Cidrerie und der Milcherzeugung wären wir auf der sicheren Seite. Wenn es bei einem der beiden Märkte mal nicht so gut laufen oder Krankheiten oder Parasiten auftreten sollten, dann könnten wir immer noch auf den anderen zählen. Verstehen Sie?«

Paco und Laure nickten zustimmend, auch wenn ihr Verstand von den alkoholischen Dämpfen des Pommeau, den sie schlürften, inzwischen leicht benebelt war.

»Aber jetzt sind wir erledigt. Die Leute werden glauben, dass unsere Erzeugnisse gefährlich sind und wir unfachmännisch vorgehen. Was beweist denn, dass der Pommeau, den Sie da trinken, nicht auch verseucht ist?«

Laure und Paco setzten ihre Gläser ab und baten um Wasser, das sie gierig hinunterstürzten.

»Jetzt machen Sie nicht so ein Gesicht. Wäre da Gift drin, dann würden wir schon längst nicht mehr so nett miteinander schwatzen.«

»Wir … Sie … Ich bin mir sicher, dass wir uns wieder auf ein Glas zusammensetzen, wenn Ihr Mann aus dem Polizeigewahrsam zurück ist. Dann gehört das alles der Vergangenheit an.«

»Das will ich doch hoffen, außerdem … ich lass mich nicht unterkriegen. Hat mir gutgetan, mal zu reden. So, und jetzt schenk ich Ihnen ein letztes Glas ein.«

»Nein, danke, ich muss fahren …«, lehnte Paco ab.

»Ja, was denn? Ist doch nur Apfel drin.«

10

Als sie vom Billettes-Hof fuhren, beschloss Laure, noch einen Abstecher zum benachbarten Gestüt zu machen. In unmittelbarer Gegenwart von Pferden wurden bei ihr Erinnerungen wach, wie sie als Kind einen Teil der Sommerferien bei den Großeltern im Vexin verbracht hatte.

Kaum dass sie auf dem Besucherparkplatz anhielten, sahen Laure und Paco auch schon einen etwa vierzigjährigen Mann mit zerfurchtem Gesicht auf sich zukommen, der eine Heugabel mit einem dunklen und rissigen Stiel hinter sich herzog.

»Was wollen Sie?«

Laure ließ sich nicht aus der Ruhe bringen. Sie stieg aus und stellte sich mit kräftigem Händedruck vor.

»Guten Tag. Ich bin Laure Grenadier. Ich bin die Chefredakteurin einer kulinarischen Zeitschrift. Wir, mein Fotograf und ich, sind für eine Reportage zu den Houlbrèque gekommen, und ich wollte nicht wegfahren, ohne Ihr Gestüt bewundert zu haben.«

»Wieso das?«

»Weil ich Pferde liebe, einfach deshalb … und Anne hat mir anvertraut, dass sich hier so einiges verändert haben soll … an diesem wirklich ganz zauberhaften Ort.«

»Ach, das hat sie Ihnen gesagt? Tja … die neuen Eigentümer sind Leute, die Pferde lieben, es gibt also keine Probleme.«

»Anscheinend werden doch viele Gestüte hier in der Gegend von Katarern aufgekauft, seit …«

»Wissen Sie, wie viele Gestüte es in der Basse-Normandie gibt? Über siebentausend! Die Region führt die Aufzucht von ganz Frankreich an. Ja, sicher, es gibt auch die winzigen Höfe, die nur ein oder zwei Zuchtstuten haben, aber alles in allem macht das mehr als zehntausend Geburten im Jahr … Die bringen mich zum Lachen, diese Apfelbauern, mit ihren Befürchtungen. Ich mag sie ja gern, aber die sind so in ihren Jahreszyklus verstrickt, in die Wettervorhersage für den Tag, den Morgen, den Abend und das ganze Gedöns, dass die kleinste Veränderung sie aus der Bahn wirft. Wenn man denen so zuhört, könnte man meinen, unsere Pferde würden zu Lasagne verarbeitet!«

Paco, der vorsichtshalber am Steuer sitzen geblieben war, lauschte dieser ebenso unerwarteten wie erstaunlichen Unterhaltung genüsslich.

»Davon hat sie mir nichts erzählt, aber, Herr …

Entschuldigen Sie, ich habe Ihren Namen nicht behalten.«

»Normal, den hab ich Ihnen noch gar nicht gesagt. Pierre Mathurin. Sagen Sie, wenn Sie Pferde wirklich lieben, dann reiten Sie doch auch, oder?«

»Ja… na ja, nicht regelmäßig. Sagen wir ein- bis zweimal im Jahr.«

»Dann kommen Sie doch in meinen Reitstall. Der liegt ganz in der Nähe, meine Frau kümmert sich dort um alles. Sie ist besser, was… den Umgang mit Menschen betrifft.«

»Sehr gerne. Meine Tochter kommt am Wochenende her, und ich wollte ohnehin einen Ausflug mit ihr machen. Wo genau ist denn Ihr Reitstall?«

»Ganz einfach. Sie fahren Richtung Yonville. Fünfhundert Meter vorm Dorf steht ein großes grünes Schild mit einem Pfeil. Da ist er.«

»Dann befindet sich Ihre Anlage also auf dem Gut des Schlosses?«

»Na ja, auf dem Stück, das noch der Gemeinde gehört. Wir sind da sozusagen mehrere Mieter.«

»Verstehe… und was ist mit der Besichtigung des Gestüts?«

»Die gibt's nicht«, antwortete Mathurin, schnappte sich seine Heugabel und winkte ihnen zu. »Ich muss weiter, hab viel zu tun, aber vergessen Sie den Reitstall nicht!«

Laure nahm wieder auf dem Beifahrersitz Platz, wo Paco sie mit einem spöttischen Lächeln empfing. Er setzte schon an, sich über die eingeschränkte Wirksamkeit ihres Charmes auszulassen, doch sie kam ihm zuvor.

»Es würde dich auszeichnen, in einem solchen Fall zu schweigen, Paco. Wir verkosten jetzt den Cidre Huet!«

Nachdem sie an der Gendarmerie von Cambremer vorbeigefahren waren, ohne diese eines Blickes zu würdigen, folgten sie der Avenue des Tilleuls und erreichten das dreißig Hektar große Gut Pierre Huet. Laure verbrachte den restlichen Nachmittag in der neu gebauten Brennerei, wo sie die Besitzer interviewte, die stolze Erzeuger in der fünften Generation waren.

Sie lieferten ihr alle gewünschten Informationen über die Abläufe in der Cidrerie, über den *alambic à repasse*, der für den Calvados mit kontrollierter Herkunftsbezeichnung des Pays d'Auge benutzt wurde, und den *alambic à colonne*. Beide wurden sie mit Sägespänen beheizt, die zum Teil vom Gut selbst stammten. Sie machten genaue Angaben zur prozentualen Verteilung der hoch- und niederstämmigen Apfelbäume und zu den verschiedenen angebauten Sorten. Sie unterstrichen die Qualität des durch Pressen gewonnenen Apfelmosts, der es dem Pektin während der Gärung ermöglichte, ein Gel zu bilden, das die Unreinheiten an die Oberfläche trieb, ein Phänomen, das man als »Auftrieb der Trübstoffe« bezeichnete. Mehrfach wurde Laure bestätigt, dass die gängige Methode, die darin bestand, im Lauf eines zweiten Pressens Wasser beizumischen, auf ihrem Gut nicht praktiziert würde.

Sie beendeten den Rundgang im Laden mit einer Verkostung von Cidre, Pommeau und Calvados, bei der Laure ein paar vertrauliche Informationen erhielt – hinsichtlich der in die USA und nach Japan exportierten Produkte und zum Verkaufsvolumen an Sternerestaurants.

Inzwischen hatte Paco seine Reportage auf die unterschiedlichen Materialien zwischen dem Kupfer der Alambiks, dem Holz der Eichenfässer, dem Leuchten der Cidre-Gläser und dem schillernden Widerschein der Calvados-Flaschen ausgerichtet.

Als Laure und Paco sich anschließend zum Auto aufmachten, entschied Paco, dass heute kein weiterer Besuch infrage käme. Das schwächer werdende Licht erlaube es ihm nicht, angemessen zu arbeiten, also sollten sie besser in die Pension zurückgehen, dann könne er die Fotos auf dem Computer überarbeiten.

»Du hast recht«, räumte die Journalistin ein. »Weitermachen ist tatsächlich nicht möglich.«

Sie hielt ihm das Handy hin, damit er die SMS las, die sie erhalten hatte:

»Jetzt wäre ich begierig, Ihren Pfannenkünstler einem ganz andern Problem gegenüberzusehen; ich möchte ihn beispielsweise vor mir haben, wenn er es mit einem Boeuf Stroganoff zu tun bekommt.«

»Was ist das denn?«, fragte Paco.

»Marcel Proust. Ein Auszug aus ›Im Schatten der jungen Mädchen‹. Das heißt einfach, dass Charles sich ans Kochen macht und uns ein Essen zubereitet, das nicht warten kann.«

»Ein Gericht ohne Crème, will ich hoffen!«

»Nur so viel, wie es braucht.«

11

»Also, das hier ist wirklich mal ein Schwein!«

Auf der Terrasse des Cafés *Le Maupassant* in der Einkaufsstraße von Bayeux betrachteten Laure und Paco die Fotos, die etwas früher am Vormittag beim Besichtigen einer Schweineaufzucht entstanden waren. Die Journalistin wollte dem Schwein von Bayeux unbedingt eine Doppelseite in ihrem Dossier widmen.

Diese Tiere, hervorgegangen aus Kreuzungen, die gegen Ende des 19. Jahrhunderts zwischen weißen normannischen Schweinen und den schwarzen Berkshire-Schweinen aus England entstanden waren, wären im Lauf des Zweiten Weltkriegs fast völlig verschwunden. Zu Beginn der Achtziger konnte das schwarzfleckige weiße Schwein mit den großen, herunterhängenden Ohren, die ihm bis über die Augen reichten, durch einen Erhaltungsplan des IFIP, des französischen Forschungsinstituts für Schweinehaltung, sowie der Aufnahme in die Liste der gefährdeten Rassen, vor dem Aussterben gerettet werden. Seither war die Rasse vom Landwirtschaftsministerium anerkannt, und etwa dreißig Züchter in ganz Frankreich wachten über das Wohlergehen der Tiere.

Während des Interviews hatte die Journalistin sich sorgfältig Notizen zu den Bedingungen der Aufzucht dieser Tiere gemacht: natürliche Fortpflanzung ohne künstliche Besamung, Jungtiere, die mindestens acht Wochen nach der Geburt bei der Mutter blieben, Tiere, die in Freilandhaltung lebten und mit einer Mischung aus Getreide und Linsen aufgezogen wurden. Paco hatte sich unterdessen abgeplagt, um den langen seidigen Flaum dieser Tiere einzufangen, die er sehr anmutig fand, ein paar sogar verführerisch, andere ein wenig wichtigtuerisch, doch allesamt fotogen.

Das Thema sollte mit einem der Restaurants der Stadt enden, *L'Angle Saint-Laurent*, das in dem Anspruch, »lokale Küche auf den Teller zu bringen«, auch das Bayeux-Schwein auf die Karte genommen hatte.

»Wir hätten direkt mit der Cidrerie weitermachen sollen«, sagte Paco bedauernd, eine Tasse Gianduja-Schokolade in der Hand. »Es wird jetzt nämlich ganz schön knapp, wenn wir rechtzeitig im Restaurant sein und unser vorgesehenes Programm absolvieren wollen.«

»Keine Sorge. Ich kenne den Betrieb des Ehepaars Lecornu gut. In einer halben Stunde kann ich mit meinen Fragen durch sein, dann hast du noch genügend Zeit.«

»Das hoffe ich. In jedem Fall finde ich deine Idee, einen Kaffee neben der Immobilienagentur der Varnetots zu trinken, ein bisschen … grenzwertig. Wenn einer von den beiden in den nächsten zwanzig Minuten vorbeikommt, was machst du dann? Sagst du: ›Hallo, erinnern Sie sich an mich? Wir wären fast im gleichen Moment gestorben, vorgestern Mittag? Aufgrund dessen, was ich von einer Frau gehört habe, die ich kaum kenne und deren Mann von Gendarmen abgeführt wurde, weil man ihn verdächtigt, mehrere Menschen umgebracht zu haben, stelle ich mir jetzt Fragen bezüglich Ihres Neffen. Wären Sie also so nett und würden meine Fragen beantworten?‹«

Ohne mit der Wimper zu zucken, genoss die junge Frau ihren Kaffee.

»War's das? Bist du fertig?«

»Im Ernst, Laure, was willst du dann machen?«

Die Journalistin verkniff sich ein zufriedenes Lächeln und rückte ihren Stuhl nach links.

»Das ist ganz einfach: schau mal.«

Etwa zehn Meter entfernt lief Justine Varnetot mit beschwingtem Schritt die Rue Saint-Martin entlang zu ihrer Agentur. Als sie auf Höhe des Cafés *Le Maupassant* war, sprach Laure sie mit städtischem Tonfall an, einerseits überrascht, sie zu sehen, und gleichzeitig wenig erstaunt darüber, sie hier anzutreffen, schließlich sei die Welt doch so klein.

»Guten Tag. Wie lustig, dass wir uns hier treffen.«

Justine Varnetot zögerte kurz, musste Laure erst wieder richtig einordnen, dann erschien jedoch sogleich ein Lächeln auf ihrem Gesicht, das sich weltgewandt geben wollte.

»Die berühmte Journalistin! Was machen Sie denn in Bayeux?«

»Immer am Recherchieren zwischen Äpfeln, Crème und heute … Schweinen. Arbeit, Arbeit, Arbeit! Aber ich will mich nicht beschweren. Es ist ein Vergnügen, hier durch die Gegend zu streifen. Da werden so viele schöne Erinnerungen wach … Im Übrigen warte ich noch ab, was meine Tochter, die mich dieses Wochenende besuchen kommt, davon hält, aber … ich glaube tatsächlich, dass ich für ein kleines Bauernhaus mit Fachwerk inmitten von Apfelbäumen schwach werden könnte. Das hat so etwas Entspannendes. Und Sie?«

»Ich war auf dem Weg zu meiner Agentur, gleich hier um die Ecke …«

»Ach wirklich? Aber Sie haben doch Zeit für einen Kaffee mit uns, oder?«

»Gerne«, antwortete Justine Varnetot. »Mein nächster Termin ist in einer Viertelstunde, außerdem muss man … von Zeit zu Zeit auch mal eine Pause machen.«

»Genau das habe ich vor nicht einmal fünf Minuten zu Paco gesagt. Sie erinnern sich an meinen Fotografen?«

Man lächelte einander höflich an, verspürte jedoch nicht das Bedürfnis, den Austausch zu vertiefen. Laure kümmerte sich darum, die Unterhaltung am Laufen zu halten.

»Manchmal muss man sich eine kleine Auszeit nehmen, selbst wenn unser Terminkalender überquillt und durch diese schreckliche Geschichte auch noch Verzug entstanden ist … Montagabend hatte ich Mühe einzuschlafen. Sie nicht auch?«

Justine Varnetots Gesicht verdüsterte sich.

»Natürlich. Überall heißt es, kollektive Vergiftung, und nur wenige sind noch mal so davongekommen. Ich hoffe, dass der Schuldige bald festgenommen wird! Ich traue mich gar nicht mehr, in irgendeinem Restaurant zu essen. Davor waren wir fast jede Woche im *Bocage gourmet* und hatten vollstes Vertrauen. Aber jetzt …«

»Das verstehe ich. Und fürs Geschäft ist das ganz bestimmt schlecht. Ein derart mit Misstrauen erfülltes Klima deutet nicht auf einen entspannten Urlaub hin. Und jetzt steht ja auch noch die Gedenkfeier der Landung der Alliierten bevor …«

»Ein solches Ereignis zieht einen ganz eigenen Tourismus an. Diese Geschichte ist störend, und ich mache mir für die ganze nächste Saison Sorgen … Außerdem kommen die Olympischen Reitspiele im September! Aber ich bin mir sicher, dass man den

Schuldigen bis dahin festgenommen hat. Ich habe übrigens gehört, dass Marc Houlbrèque in der Gendarmerie von Cambremer gesehen wurde. Ich nehme an, Sie kennen ihn: Er bewirtschaftet die Ferme des Billettes …«

»Ich weiß genau, wer das ist«, bestätigte Laure, »aber das muss gar nichts heißen. Ich habe gestern selbst eine knappe Stunde in den Fängen von Capitaine Cadour verbracht. Und Sie wohl auch. Es erscheint mir nur normal, dass alle Erzeuger von Crème fraîche im Pays d'Auge und im Bessin auf die Gendarmerie vorgeladen werden … es sei denn, es gibt irgendein offenes Geheimnis, von dem eine Pariserin wie ich nichts weiß. Kennen Sie die Houlbrèques gut?«

»Wer hier in der Region kennt sie nicht?«, antwortete Justine Varnetot. »Sie sind angesehene Erzeuger, seriös, arbeiten hart. Mein Mann glaubte seinen Neffen vor einigen Monaten gut bei ihnen untergebracht zu haben, aber das war nur von kurzer Dauer. Persönlich gebe ich ihnen nicht die Schuld dafür. Er ist ein Original, ein merkwürdiger Kauz, den würde ich nicht in der Agentur haben wollen, und sei es nur zum Kaffeekochen und Photokopieren.«

»Verstehe. Ist er aus der Region weggezogen?«

»Wohl kaum. Er ist viel zu sehr mit seinen normannischen Wurzeln verbunden. Er arbeitet jetzt auf dem Fischmarkt von Port-en-Bessin … na ja, wie lange, das wird sich zeigen. Er hat sich in den Kopf gesetzt, einen alten Bunker zu renovieren und ein kleines Museum darin einzurichten. Das ist sein neuester Tick, er ist ganz besessen von dieser Idee… Was die Houlbrèques betrifft, da haben Sie bestimmt recht, aber… wem soll man nach einem solchen Drama noch vertrauen?«

Justine Varnetot warf einen Blick auf die Uhr und sagte, sie müsse jetzt leider gehen. Sie gab Laure ihre Visitenkarte mit dem Hinweis, einige erschwingliche Objekte zu haben, die einen idealen Rahmen für Wochenenden im Grünen bieten würden. Laure bedankte sich bei ihr, trank genüsslich die letzten Tropfen Kaffee aus und schaute ihr dabei nach. Dann spülte sie sich den Mund mit einem Schluck kühlen Wassers aus und sagte zufrieden:

»Sieh an! Das passt ja wunderbar zu unserer Planung, morgen Vormittag sind wir nämlich in Port.«

»En-Bessin?«

»Wenn du hier nicht auffallen willst, dann sag einfach Port…«

12

Die Cidre-Kellerei von François und Christèle Lecornu befand sich gleich neben der Kathedrale. Unverzüglich gingen Laure und Paco die Rue des Chanoines hinauf, bogen nach rechts in die Rue Bourbesneur ab und kamen zu dem kleinen weißen Laden an der Ecke der Place Charles-de-Gaulle. Kaum waren sie eingetreten, umfing sie ein starker Gärungsgeruch, der dem Keller entstieg. Der Laden war nicht einfach nur ein Geschäft mit Produkten vom Bauernhof, er war vielmehr ein richtiggehender normannischer Keller im Herzen von Bayeux. Im Schatten seiner Mauern lagerten Calvados- und Cidre-Flaschen.

Das Anwesen umfasste viertausend Apfelbäume auf neun Hektar Land, wobei sich die Obstbaumwiesen im Umkreis von zehn Kilometern über mehrere Parzellen um das Dorf herum verteilten. Abgesehen von dem Bestreben, die Qualität der zwanzig Apfelsorten beizubehalten, die für einen guten Saft notwendig waren, legte das Ehepaar Lecornu noch dazu großen Wert darauf, alle Auflagen für biologischen Anbau zu befolgen.

Der Laden war nicht sonderlich klein, aber recht schmal, trotzdem gelang es Paco irgendwie, seinen Fotos etwas Tiefe zu verleihen. Er liebte die rustikale, herzliche Atmosphäre, die ihn durchaus an die ein oder andere *bodega* in Asturien oder Galizien erinnerte. Aufgestützt auf die Bar unterhielt sich Laure mit François, trank dabei trockenen, noch leicht säuerlichen Cidre brut, der schon in wenigen Wochen etwas milder sein würde. Sie verkostete ebenfalls einen sehr alten Cidre, der in der Kehle brannte, tauchte die Lippen in einen Aperitif, eine Mischung aus Apfelmost und Calvados, und kaufte schließlich sechs Flaschen reinen Saft, ohne Konservierungsstoffe oder Zuckerzusätze, um sich eine Freude zu machen.

Es gab genug Bilder, um den Infokasten zu illustrieren, der dem Betrieb der Lecornu gewidmet sein würde: eine Holzleiter, die auf Fässer hinaufführte, glänzende Regale voller Flaschen, bernsteinfarbene Kisten, Likörfläschchen, Geschenkkörbe, einen kupfernen Ausguss seitlich in einem alten Eichenfass.

Bevor sie abfuhren, kosteten die beiden Besucher noch die auf dem Tresen aufgereihten Apfelgelees. Einige waren mit Zimtgeschmack, andere mit Himbeer- oder Zitrusaroma. Pacos Vorliebe galt eindeutig dem Gelee mit einer Calvados-Note, und er befand, es eigne sich hervorragend, um auf Pancakes oder ein Stück Hefegebäck gestrichen zu werden. Laure stimmte ihm zu und versprach, kommenden Winter einen Crêpes-Abend auszurichten. Die beiden waren so begeistert, dass François ihnen das angebrochene Glas schenkte, er achtete jedoch darauf, den Raphiabast ordentlich um das vichyblaue Stück Stoff zu wickeln, das über den Deckel gespannt war.

Inzwischen war es bereits 13 Uhr, und sie mussten sich etwas beeilen, wenn sie nicht mit Verspätung im *L'Angle Saint-Laurent* eintreffen wollten, einem der besten Restaurants der Gegend. Sébastien Remy, ein Ehemaliger der Gruppe Alain Ducasse, hatte vor kurzem den Titel *Maître Restaurateur* erhalten. Laure hätte ihm ohne Weiteres einen ersten Stern verliehen, sie zweifelte jedoch nicht daran, dass das bald der Fall sein würde. Nachdem er einige Jahre in verschiedenen Restaurants mit internationalem Ruf gearbeitet hatte, war dieser begabte und vorzügliche Chefkoch wieder in die Normandie zurückgekehrt, um eine moderne, elegante Küche anzubieten, die vorwiegend regionale Produkte verwendete. Mit der tatkräftigen, charmanten Unterstützung seiner Frau Caroline war er unbestritten ein aufstrebendes Talent des kulinarischen Erbes der Normandie.

Laure entschuldigte sich für ihre leichte Verspätung, stellte Paco vor und versprach, dass man ihn während des laufenden Geschäfts kaum bemerken würde. Tatsächlich verließ er nur selten den Platz, machte Fotos zwischen den Gängen, verwendete keinen Blitz und nahm auch keine der demonstrativen Posen ein, die gewisse Reporter manchmal an den Tag legen. Als Gruß aus der Küche brachte man ihnen ein zartschmelzendes Cidre-Bonbon an einer Weinstockrebe und eine Gänselebermousse, angerichtet auf einer Schiefertafel.

Sie wollten keinen Blick in die Karte werfen, sondern überließen dem Chef die schwierige Aufgabe, die Gerichte für sie auszuwählen. Als die Blutwurst vom Bayeux-Schwein auf lauwarmem Lauchbett an einer Sauce aus Rucola und roten, in Ingwer eingelegten Zwiebeln serviert wurde, rief Laure aus:

»Ah, unsere Freunde von heute Morgen! Wir können wirklich nicht mehr ohne einander.«

Schon beim ersten Bissen schloss sie die Augen. Ja, Sébastian Remy hatte genug Talent, um nach den Sternen zu greifen. Sie würde bei ihren Freunden vom *Guide Michelin* ein Wort für ihn einlegen. Sie war gleichermaßen entzückt, als ihnen der gebratene Barsch mit cremigem Basilikumrisotto aufgetischt wurde, ehe man ihnen das Kalbsmedaillon der Basse-Normandie, begleitet von Kartoffelgnocchi an feinen Weinbergschnecken, servierte.

Sie waren beim Dessert angekommen, als ihr Handy unerwartet auf der Tischdecke vibrierte. Laure zögerte, ehe sie den Anruf entgegennahm. Die Nummer war ihr nicht bekannt. Normalerweise ignorierte sie solche Anrufe. Für den Fall der Fälle drückte sie jedoch auf das kleine grüne Logo.

»Guten Tag, Madame Grenadier, Capitaine Cadour hier! … Wir würden Sie heute gerne sehen …«

»Guten Tag, Capitaine … Es wäre mir ein Vergnügen, aber das scheint mir schwer möglich. Wir sind unterwegs, beim Arbeiten, und es stehen noch weitere Besuche aus.«

»Sagen wir, in einer Stunde in meinem Büro?«

»Ich bin in Bayeux, Capitaine!«, warf Laure ein, darum bemüht, sich ihre Gereiztheit nicht anmerken zu lassen.

»Das ist uns bekannt.«

13

Capitaine Antoine Cadour reichte Laure ein Blatt Papier und bat sie, es durchzulesen. Die Journalistin überflog die ersten Zeilen und erkannte sofort die Aussage, die sie vor zwei Tagen gemacht hatte.

»Aber ich …«

»Lesen Sie das durch, Madame Grenadier, lesen Sie es durch. Von der ersten bis zur letzten Zeile. Das ist sehr ernst.«

Obwohl sie den Sinn dieser Übung nicht verstand, kam die junge Frau der Aufforderung nach. Antoine Cadour wartete geduldig, eine Tasse Schwarztee in der Hand. Er fuhr fort:

»Sie können Ihre Aussage immer noch abändern, das wissen Sie? Es wäre im Übrigen vorzuziehen, Sie würden das jetzt machen, ohne weiteren Aufschub.«

»Tut mir leid, ich kann keinen Fehler erkennen. Gibt es ein Problem?«

Der Capitaine stellte seine Tasse ab, stand auf, ging in seinem Büro auf und ab und betonte jedes Wort mit einem langsamen, schweren Schritt.

»Um 12 Uhr 44 letzten Montag befanden sich dreizehn Gäste an den Tischen des Restaurants *Le Bocage gourmet*. Es gab nur vier Überlebende. Vier, die merkwürdigerweise nicht das Gericht bestellt hatten, für das das Restaurant so bekannt ist. Vier, die ausgesagt haben, einander nicht zu kennen, die man aber dabei gesehen hat, wie sie heute Morgen in Bayeux im Café *Le Maupassant* zusammen einen Kaffee getrunken haben.«

»Ach, darum geht es also«, seufzte Laure und lächelte ganz ungeniert.

Urplötzlich blieb Cadour stehen, baute sich vor der Journalistin auf und beugte sich über sie, so dass sein Gesicht nur wenige Zentimeter von ihrem entfernt war, sein Kiefer bereit zuzubeißen.

»Madame Grenadier, Ihre Freunde finden Sie sicherlich charmant, aber zu denen gehöre ich nicht. Momentan sind Sie ebenso verdächtig wie die anderen. Ihr Verhalten von heute Morgen lässt vermuten, dass Sie mit Ihrer Aussage gelogen haben … was es, meiner Meinung nach, rechtfertigen würde, Sie in Gewahrsam zu nehmen, um Ihrem Gedächtnis auf die Sprünge zu helfen.«

Laure begriff, dass die Drohung nicht ernster gemeint sein könnte. Sie stellte sich vor, wie sie den Vater ihrer Tochter anrufen würde, um ihm die Situation zu erklären, und wie sie ihm mitteilte, er müsse seine

Pläne ändern und Amandine einen Teil des Wochenendes bei sich behalten, bis ihr Gewahrsam beendet sei. Es war also in ihrem ureigensten Interesse, sich kooperativ zu zeigen.

»Hören Sie, ich schwöre beim Leben meiner Tochter, dass ich nicht gelogen habe und das Ehepaar Varnetot vor Montagmittag nicht kannte. Was den heutigen Morgen betrifft, so wollte ich zwischen einer Reportage über die Bayeux-Schweine und dem Interview eines Cidre-Erzeugers einfach nur einen Kaffee auf einer Terrasse trinken. Das können Sie bestimmt nachvollziehen: Mein Fotograf und ich sind durch die Hauptstraße gelaufen, ich habe die Terrasse gesehen, und Sie wissen doch … angesichts einer sonnenbeschienenen Terrasse kann man eine Pariserin kaum zurückhalten.«

Das Gesicht des Capitaines wurde noch verschlossener, und Laure gab den Versuch, ihn zu erweichen, endgültig auf.

»Die Agentur Varnetot befindet sich ganz in der Nähe des Cafés«, fuhr sie fort. »In einem Ort wie Bayeux gehen fast alle Geschäfte auf die Hauptstraße … Kurzum, als ich Justine Varnetot vorbeikommen sah, habe ich sie gegrüßt, und als sie erfuhr, dass ich darüber nachdenke, hier in der Gegend etwas für die Wochenenden mit meiner Tochter zu erstehen, hat sie nicht mehr von mir abgelassen.«

»Kein zuvor vereinbartes Treffen?«

»Nein! Ich versichere Ihnen, das war purer Zufall.«

»Dieses Wort mag ich gar nicht. Worüber haben Sie gesprochen?«

»Über Immobilien, Tourismus, Pferde… aber auch über das angsterfüllte Klima, das seit dieser Geschichte herrscht. Die Unterhaltung hat nicht lange gedauert.«

»Ich weiß. Hatte Madame Varnetot eine Idee, wer für diese Vergiftungen verantwortlich sein könnte?«

»Nicht so recht. Sie hat von Marc Houlbrèque gesprochen… den man hier gesehen haben soll«, sagte Laure verächtlich.

»Ersparen Sie mir Ihre überhebliche Art…«

»Mir ist völlig unklar, weshalb die Houlbrèque ihren eigenen Betrieb sabotieren sollten. Das ergibt keinen Sinn!«

»Und was würde Ihrer Meinung nach einen Sinn ergeben?«

Laure zögerte. Sie wagte es noch nicht, sich frei zu äußern. Die Vorstellung, in den Räumlichkeiten der Gendarmerie eingesperrt zu werden, lähmte sie.

»Ich weiß nicht recht. Mir sind nicht genug Einzelheiten bekannt. Nur das, was in den Zeitungen darüber stand und was ich von diesem Milieu weiß.«

»Fahren Sie fort«, verlangte der Gendarm und griff wieder nach seiner Tasse Schwarztee.

»Heute Morgen beim Duschen ist mir eine Sache durch den Kopf gegangen… Der unnachahmliche Geschmack der Sauce à la Crème des *Bocage gourmet* ist ein Grund für das Renommee des Restaurants. Es gibt hunderte von Saucen. Mit der Grundlage einer *Sauce Normande* – der richtigen, meine ich, der mit Seezungenaroma – kann man sehr viele andere Saucen zubereiten, je nachdem, was man beimischt: *la Diplomate, l'Écossaise, la Régence, l'Anchois, l'Huître, la Véron.* Manche davon werden heutzutage nicht mehr verwendet, eine Frage des Angesagtseins und der Entwicklung des Geschmacks. Damit will ich Ihnen verdeutlichen, dass bei der Zusammensetzung einer Sauce nichts dem Zufall überlassen sein darf. Manchmal gibt es eine Zutat, die man kaum wahrnimmt, die aber ein Parfum freisetzt, eine Säure abmildert oder einen Geschmack im Mund hält. Das ist Chemie, und ich würde sogar so weit gehen zu sagen, dass es fast Alchemie ist. Manchmal verkostet man die unwahrscheinlichsten Verbindungen, die sich als göttlich erweisen. In Paris kenne ich zum Beispiel einen berühmten Chefkoch, der für ein Gericht Walderdbeeren mit Bonito mischte, oder Kalbsbries mit Himbeeren und Roter Beete. Das würde einem so nicht in den Sinn kommen, aber es schmeckt zauberhaft!«

»Wo ist der Bezug zur Sauce des *Bocage*?«, unterbrach sie der Capitaine.

»Adrien Cornudets Sauce enthält eine geheime Zutat«, gab die Journalistin zu.

Laures Augen leuchteten mit einer solchen Intensität, dass Cadour ganz verblüfft war. Ihre Bewunderung für die Recherche, die Arbeit, die Herausforderung, die Kreativität der Köche spiegelte sich auf ihrem Gesicht, hüllte sie in einen Glanz, der sich im Lauf der Befragungen bislang noch nicht gezeigt hatte.

»Es scheint, Sie kennen dieses Geheimnis, Madame Grenadier. Hat der Chef Sie eingeweiht?«

»Ich habe es allein herausgefunden.« Laure errötete, als sie das sagte. »Wichtig daran ist aber, dass sich der Schlüssel zu dieser Geschichte vielleicht hier verbirgt. Denken Sie nach … oder besser, lassen Sie uns nachdenken! Die Vergiftung der Sauce verpflichtet die Ermittler der Spurensicherung, jedes darin auftauchende Molekül zu analysieren und dementsprechend das Geheimnis preiszugeben, das zum Reichtum und zum Bekanntheitsgrad des *Bocage gourmet* beiträgt!«

»Ich verstehe. Aber …«

Milder gestimmt bot Cadour Laure etwas Tee an, den sie gern annahm. Er hob den schweren Stoff an, unter dem ein elektrischer Samowar stand, schenkte das dampfende Getränk ein und reichte der Journalistin die Tasse.

»Zucker? Milch?«

»Weder das eine noch das andere, vielen Dank.«

»Ich auch nicht. Als würde man Soda in ein Glas teuren Château Pétrus schütten.«

»Da bin ich ganz Ihrer Meinung.«

Laure trank ein paar Schlucke.

»Ein ausgezeichnetes Blatt. Sehr gute Wahl.«

»Ich bin ziemlich zufrieden damit. Um uns wieder unserer Angelegenheit zuzuwenden: Wenn ich Ihrem Gedankengang folge, dann wäre das Motiv für die Tat das Herausfinden des Geheimnisses der Sauce …«

»Genau! Ich denke, das erste Opfer ist das Restaurant selbst … Also, in gewisser Weise …«, korrigierte sich Laure.

»Diese Idee ist interessant, allerdings gibt es ein Problem: Wenn die exakte Zusammensetzung der Sauce tatsächlich im Labor erfasst wird, was ich Ihnen hiermit bestätigen kann, dann unterliegt diese Information der Geheimhaltungspflicht, und die Öffentlichkeit erfährt nichts davon.«

Diese Bemerkung des Gendarmen brachte Laure zum Schmunzeln.

»Momentan vielleicht. Ich würde jedoch wetten, dass irgendwann etwas nach außen dringt und man diese Information in der Presse wiederfindet. Damit will ich Ihre Abteilung nicht kritisieren, aber diese berühmte Geheimhaltungspflicht wird doch tagtäglich verletzt, das weiß jeder, und Sie müssen einräumen, dass ich mit meinen Worten …«

»… ja, Sie haben recht! Sagen Sie mir noch eins, aus reiner Neugier: Als Sie die geheime Zutat des *Bocage gourmet* entdeckten …«

Das Klingeln des Telefons unterbrach den Capitaine. Er schaute auf die Nummer, hob sofort ab, meldete sich wieder mit seiner üblichen Strenge und nahm die schlechte Neuigkeit mit zusammengepressten Kiefern auf.

Laure wagte es nicht, ihm die Frage zu stellen, die ihr auf der Zunge brannte. Nachdem er aufgelegt hatte, beschloss Cadour, die Befragung zu beenden.

»Haben Sie vielen Dank für die letzten Informationen, Madame Grenadier. Ich werde das zur Kenntnis nehmen. Wir melden uns bei Bedarf wieder bei Ihnen.«

»Hat die Uniklinik Sie über einen neuen Todesfall informiert?«, brachte Laure ihre Vermutung vor.

»Nicht einen, zwei. Die Eisensteins werden ihren fünfzigsten Hochzeitstag im September nicht feiern.«

14

Benjamin Tellier war ein bärtiger Junge mit breiten Schultern und beschränktem Verstand, zwar immer mit dem Herzen, aber griesgrämig bei der Sache. Laure und Paco hatten es nicht schwer, ihn unter den Arbeitern am Hafen auszumachen. Kaum waren sie auf dem Fischmarkt angekommen, fragten sie ein junges Mädchen mit blauroten Wangen, das Jakobsmuscheln an einem Metalltisch sortierte. Ohne von ihrer Arbeit aufzublicken, zuckte sie einfach nur mit den Schultern, zeigte auf den Gesuchten und posaunte heraus:

»Das ist der große, unrasierte Kerl da … ganz hinten!«

Mit gespreizten Beinen stand Tellier fest auf dem rutschigen Untergrund, säuberte den Betonboden des Schuppens mit einem starken Wasserstrahl, die Kapuze der gelben Öljacke über den Kopf gezogen. Laure und Paco warteten, bis er alle Abfälle in einen vergitterten Schacht gespült hatte.

»Monsieur Tellier?«, rief Laure und machte vorsichtig ein paar Schritte auf den Zehenspitzen ihrer hochhackigen Stiefel auf ihn zu.

»Vorsicht, junge Frau, da können Se sich die Haxen brechen.«

»Wir sind Journalisten und bereiten ein Dossier zum siebzigsten Jahrestag der Landung der Alliierten vor. Dürften wir Sie einen Moment sprechen?«

Laure war mit allem auf einmal herausgeplatzt, mit heller Stimme, festem Blick und schiefem Lächeln.

»Was wollen Se denn wissen?«, grummelte Tellier, der sein Werkzeug wegräumte.

»Wir sehen uns alle Örtlichkeiten für die Gedenkfeier an, und man hat uns von Ihrem Bunker erzählt.«

»Wer *man*?«

»Das Tourismuszentrum von Bessin, an der Brücke Saint-Jean, in Bayeux«, erwiderte Laure, ohne sich aus der Fassung bringen zu lassen.

»Ach ja? Die erinnern sich dran, dass es mich gibt?«

»Wenn Sie einen Moment Zeit hätten, dann würden wir Sie gerne interviewen … Vielleicht könnten wir sogar ein paar Fotos vor Ort machen.«

»Na ja … wenn Se unbedingt wollen«, brummte Tellier und schob sich die Kapuze vom Kopf.

Er warf die Gummihandschuhe auf eine Plastikbox, kratzte sich am Bart, schniefte, betrachtete aus dem Augenwinkel den löchrigen Absatz seines linken Gummistiefels, schniefte wieder und sagte schließlich in einem Tonfall, der entgegenkommend sein wollte, auch wenn er nicht gerade freundlich war:

»Kommen Se in 'ner Stunde wieder, ich muss noch arbeiten.«

Sie gingen zurück in die Fischhalle und kauften vier Kilo Jakobsmuscheln und Glattbuttfilets, die sie Charles mitbringen sollten. Er wollte sie an weißer Sauce zubereiten, wie es im Band »Die wiedergefundene Zeit« erwähnt wurde. Mit dem Karpfen an Bier, den Seezungen *à la normande* und dem gegrillten Steinbutt an Sauce hollandaise, die geradewegs von zwei Passagen aus »Eine Liebe Swanns« inspiriert waren, sowie der Meeräsche an Gurke, herausgefischt aus »Im Schatten der jungen Mädchen«, würde der Glattbutt zweifelsohne das Herzstück seiner Fischkarte darstellen. Sie schlenderten zwischen den Auslagen herum, tauchten lustvoll in die jodierten Ausdünstungen der Gezeiten ein und gingen danach auf den Kai.

Paco fotografierte den alten Vauban-Turm, der über den Hafen wacht, bummelte etwas bei den mehr oder weniger gut instand gehaltenen Fischerbooten herum, wo er chromatische Detailaufnahmen machte: Rostflecken, grelle Farbe, abgeblätterter Anstrich, Pechschlieren, patiniertes Holz, ehe er sich den Häusergiebeln des Städtchens zuwandte.

Laure folgte schweigend, überlegte sich einen glaubhaften Fragenkatalog, um bei Benjamin Tellier keinen

Verdacht zu erregen. Während Paco sich für ein Möwenpaar begeisterte, das er aus allen Winkeln fotografierte, beschloss Laure plötzlich, sich in eine Ecke der *Bar de la Criée* zurückzuziehen, um ein Dutzend Austern d'Isigny zu verkosten, genauer gesagt die Belles de Nordet, überzeugt, in den jodierten Dünsten Inspiration zu finden.

Als sie wieder zum Markt zurückkamen, erwartete Tellier sie mit einer selbstgedrehten Zigarette in der Hand. Er hatte seine gelben Gummistiefel, seine Öllatzhose und seinen Südwester gegen eine khakifarbene Armeehose, eine Tarnjacke und schwarze Stiefel eingetauscht.

»Ich hätt' ja 'ne Dusche genommen, ist aber besser, wenn wir gleich zum Bunker gehen … Fahren Se mir einfach hinterher«, sagte er, zeigte dabei auf einen Jeep Willys MB in oliver Originalfarbe, der am Bordstein parkte.

Paco saß höchst konzentriert am Steuer, um das in Richtung der Bucht von Arromanches rasende Militärfahrzeug nicht aus den Augen zu verlieren. Ganz bestimmt hatte Tellier am Motor des Wagens geschraubt, so wie er raste. Sie hatten kaum die Zeit, die Überbleibsel des provisorischen Hafens zu erspähen, den die britische Armee für die Landung der Alliierten errichtet hatte. Sie hielten auf Asnelles zu, brausten quer durch Ver-sur-Mer, ohne auch nur einen Blick auf die Brandung zu werfen, deren bewegte Spiegelungen sich mit den dahinziehenden Wolken vereinten. Als sie in die Gemeinde Graye-sur-Mer einbogen, kamen sie der Stoßstange des Jeeps endlich etwas näher, doch das Vermindern der Geschwindigkeit war nur von kurzer Dauer, schon brausten sie die Küste entlang, bis sie die Route Départementale 514 überquerten, um dann nach links zur Brèche Le Bisson abzubiegen, einen eigentlich unbefahrbaren, etwa zweihundert Meter kurzen Weg voller Reifenspuren und Schlaglöcher.

Am Ende des Pfads versperrten zwei riesige Felsblöcke die Durchfahrt. Paco stellte den Motor ab, und Laure stieß einen langen, erleichterten Seufzer aus.

Benjamin Tellier war aus dem Jeep gesprungen und gesellte sich zu ihnen. Er steckte seinen struppigen Bart zur Tür herein und verkündete:

»Da wären wir. Juno Beach. Hier griff die dritte kanadische Division an, unter Major General Rodney Keller … Weiter im Westen sehen Sie Courseulles.«

Die Journalistin machte ein paar Schritte über den Strand, um sich die Beine zu vertreten, ein paarmal tief durchzuatmen und ihre Übelkeit in den Griff zu bekommen. Diese Verfolgungsfahrt hatte sie ordentlich mitgenommen. Paco holte seinen Fotoapparat aus dem Rucksack und schraubte ein 80-mm-Objektiv auf. Tellier beobachtete ihn aus dem Augenwinkel und fuhr fort:

»Bei den Deutschen hat General Richter die 716. Division angeführt … War alles ziemlich gut befestigt, wenig Schaden durch die Luftangriffe. Und bewacht wurden die Strände von zwei Batterien mit 155er-Geschützen und neun Batterien mit 75ern …«

»Und wo befindet sich der Bunker?«, fragte Laure.

»Hinterm Hügel, rechte Seite.«

Sie erklommen die Erdaufschüttung, auf der eine magere Dünenvegetation emporstrebte, und entdeckten die Befestigung aus Beton. An der nordöstlichen Seite standen rostige Eisenstangen aus der in Teilen aufgebrochenen Struktur heraus. Benjamin erklärte ihnen, das Gebäude sei wohl von einer Bombe getroffen worden. Es habe zwar standgehalten, sei aber im Sand eingesunken.

»Als Kinder haben wir auf der Wiese nebenan gezeltet … die Wiese hab ich geerbt, und der Bunker gehört mit zum Paket … Den Eingang hab ich beim Spielen mit meinen Cousins entdeckt. Ich war so'n Klappergestell, dass ich mich durch einen Spalt quetschen konnte, um mir alles anzugucken … Als ich wieder rausgeklettert bin, wollte mir keiner glauben.«

Er schloss eine Metallklappe auf und bedeutete Laure und Paco, ihm zu folgen. Im Inneren war alles wiederhergestellt. An manchen Wänden sah man noch Inschriften in gotischen Buchstaben, pornographische Graffiti und Hakenkreuze. Mehrere Waffen waren tadellos in einem Waffenschrank aufgereiht: vier Luger Po8, fünf Repetierbüchsen, zwei halbautomatische Walther G43, ein Sturmgewehr, zwei Maschinengewehre, ein dreibeiniges Maschinengewehr und zu guter Letzt die Schmuckstücke der Sammlung: ein 81-mm-Mörser, ein Panzerabwehr-Granatwerfer und eine Fliegerfaust – ein Raketenwerfer zur Abwehr von Fluggeräten. Zudem metallische Trinkflaschen, Granaten, Kisten mit Essensrationen, unzählige Helme in ziemlich gutem Zustand, ein Feldradio, Uniformen von Soldaten und Unteroffizieren, und an einer Puppe war die makellose Kleidung eines Oberleutnants der Panzertruppe ausgestellt, erkennbar an den Abzeichen am Kragen und den Streifen auf den Schulterklappen.

»Alle gehen uns ständig auf den Geist mit dem geleisteten Opfer der Yankees und dem Märtyrertum des Commonwealth … Ja, schon klar, die hatten 'nen Arsch in der Hose, dahin zu gehen, sollen se doch in Frieden ruhen, aber man redet nur wenig über den deutschen Soldatenfriedhof in La Cambe … Da sehen Se 21 300 Gräber. Die Jungs werden in der Geschichte ein wenig vergessen … Dabei sind die hier genauso verreckt wie die auf der andren Seite, weit weg von der Heimat, und denen ging der Arsch auf Grundeis, als se gesehen haben, wie die Kriegsflotte angelandet ist … Bestimmt haben die sich in die Hosen gemacht, als die Alliierten das Feuer eröffnet haben … Die sind auch durchlöchert worden, 21300, verdammt, das ist nicht nix … und ich will zeigen, dass es auf allen Seiten Kadaver, Verstümmelte, Verschwundene und Kanonenfutter gegeben hat …«

»Sie wollen den Bunker für Besucher öffnen?«

»Das würd ich gern während der Saison machen … und natürlich am liebsten schon im Juni anfangen. Es gibt aber welche, die was dagegen haben … Ich hatte 'nen Antrag gestellt, alles war in Ordnung, aber die Typen sind mir tierisch auf den Zeiger gegangen … Immer hat irgendwas gefehlt, immer musste ich für eine neue Besprechung wiederkommen und noch mal vorm Ausschuss erscheinen … Ich hab den Generalrat um Unterstützung gebeten, dann den Bürgermeister von Yonville, der die ganzen Veranstaltungen demnächst leitet. Helfen wollten se mir, aber einen Monat später: kein Lebenszeichen von ihnen, keiner zu erreichen. Danach hab ich erfahren, dass der Senator die Verantwortlichen des Küstenschutzes eingeschaltet hat, damit man mir Steine in den Weg legt … Die können es nicht ab, wenn 'ne Privatperson so'n Projekt angeht …«

»Sie reden von den Politikern, die vor kurzem durch die Presse gingen, nehme ich an?«

»Diese Arschlöcher wollen sich bloß die Wampe vollschlagen … sollen se doch draufgehen!«

»Jetzt gehen Sie aber ein bisschen zu weit!«, rief Laure und schaute etwas erschüttert drein.

»Heutzutage würden eine Menge Leute diese Typen gerne daran erinnern, dass se nicht ewig leben.«

»Das verstehe ich nicht.«

»Die Großväter von Bassarel und Carré-Lamadon waren wichtige Unternehmer bei öffentlichen Bauarbeiten in Caen. Die haben sich damals die Taschen schön gefüllt mit dem Atlantikwall.«

»Sie haben für die Deutschen gearbeitet?«, wunderte sich Laure.

»Was denken Se denn? … Keiner stellt sich je die Frage, wie der ganze Beton da hingekommen ist, wie tonnenweise Stahl da hingeschleppt und über Monate in der Erde versenkt wurde … Alle glauben se, die deutsche Armee hätte das gemacht, aber von den 300 000 Männern, die an den Arbeiten beteiligt waren, waren über ein Drittel Franzosen … oder wurden als solche betrachtet, wenn man die kolonialen Arbeitskräfte, Maghrebiner und Indochinesen mitrechnet …«

»Wurden sie dazu gezwungen? Vom S.T.O, dem französischen Pflichtarbeitsdienst?«

»Ja … 'n paar Leute aus der Gegend wollten lieber hier an der frischen Luft arbeiten, nicht weit weg von zu Hause, statt sich im Schwarzwald oder einem Kriegsgefangenenlager in Bayern wiederzufinden.«

»Es hat also eine eher aktive wirtschaftliche Zusammenarbeit gegeben, die ungestraft geblieben ist?«

»Viele industrielle Kollaborateure sind bei der Säuberung ungeschoren davongekommen … Und jetzt halten se ihre Reden auf die Zukunft Europas … darüber kann ich nur lachen!«

»Es gibt auch ehrliche Politiker, ich kenne da ein paar«, versuchte die Journalistin zu differenzieren.

»Mag sein, aber von denen hört man nicht viel … Ich rede von denen, die das Maul aufreißen wie Bassarel, Apreval, Carré-Lamadon. Die fahren voll drauf ab, dicke Dienstwagen zu fahren und sich auf unsere Kosten den Bauch vollzuschlagen … Die Großväter haben alle verarscht, die Väter haben davon profitiert und die Enkel leben mit unserem Geld in Saus und Braus.«

»Vermutlich ist es nicht ganz so einfach … man ist nicht zwangsläufig für die Taten seiner Vorfahren verantwortlich.«

»Da haben Se bestimmt recht, aber mich macht's stinksauer, dass sich keiner erinnern will.«

15

Ein schieferfarbenes Meer mit rötlich-violetten Spiegelungen wirbelte die Gischt unter einem tiefliegenden Himmel auf. Makellos und einsam erstreckte sich die Sandzunge von Omaha Beach unterhalb des Kliffs. Laure und Paco schlenderten ziellos zwischen den Gräbern der 9387 amerikanischen Soldaten umher, die während der Landung in der Normandie gefallen waren. Über diesen tausenden Kreuzen, aufgereiht, so weit das Auge reichte, lag eine friedliche Ruhe. Von Zeit zu Zeit sah man einen Davidstern oder eine Stele mit einem einfachen Text ohne erkennbares religiöses Zeichen für den nicht identifizierten Leichnam: »*Here rests in honored glory a comrade in arms known but to God.*«

Mit einem flauen Gefühl im Magen wandelten die Journalistin und der Fotograf umher und wechselten lange kein Wort. Es war, als würden sie über den gemähten Rasen schweben, getragen vom Geist dieses Ortes, in Einklang mit der Erinnerung an die Geopferten.

»Was denkst du gerade?«, fragte Paco schließlich, nachdem sie diese heilige Stätte hinter sich gelassen hatten.

»Nicht viel... dieser Besuch hat mich plattgemacht... Und du?«

»An den Neffen der Varnetots... Ein merkwürdiger Typ.«

»Ein Original! Seine Tante hatte nicht ganz unrecht... verklärt, leidenschaftlich, bissig, aber nicht unsympathisch. Unterm Strich eher etwas kindlich.«

»Hm, naja, er ist ein Kind... Aber mit Bart bis zu den Augen, gebaut wie ein normannischer Schrank, hat ein Kriegsarsenal in seiner Hütte und eine Klappe für zwei, trotzdem hast du recht: irgendwie kindlich.«

»Deshalb ist er noch lange nicht harmlos«, unterstrich Laure.

»Ganz ehrlich, er sieht nicht nach einem Mörder aus.«

»Ach ja, und wonach sieht ein Mörder aus?«

»Ich weiß nicht...«

»Das kann der Nachbar von nebenan sein, den man supernett findet, die Bäckerin, die einem augenzwinkernd das Wechselgeld rausgibt, irgendwer...«

»Du hast sicher recht, aber ich kann mir einfach nicht vorstellen, dass er einen derart verrückten Plan ausheckt, diesen ganzen Mist hier veranstaltet... Nein, ehrlich nicht.«

»Und doch besitzt er eine Ausrüstung, die ihn zum idealen Schuldigen macht. Um sich so bis an die Zähne zu bewaffnen, braucht er ein Netzwerk, Beziehungen zu Sammlern …«

»Ich weiß nicht, worauf du hinauswillst«, sagte Paco stirnrunzelnd.

»… und sich Gift zu beschaffen ist für jemanden wie ihn vielleicht gar nicht so schwer … Blausäure war der Hauptbestandteil von Zyklon B, dem Gas, das in den KZs eingesetzt wurde … Außerdem gibt es auch einen ganzen Haufen Mist, den das Militär in der Vergangenheit benutzt hat und der bestimmt irgendwann erneut zum Einsatz kommt … Kartuschen mit Senfgas, zum Beispiel. Man muss sich nur wieder dafür interessieren.«

Laures Ausführungen hatten den Fotografen etwas verwirrt. Er zog es vor zu schweigen, eher nachdenklich als dickköpfig.

»Lass uns gehen«, entschied Laure. »Ich schlage vor, wir probieren ein paar Leckereien, um die Misere der Menschen zu vergessen.«

Sie verließen den amerikanischen Friedhof von Colleville-sur-Mer und machten sich Richtung Isigny auf. Im Gewerbegebiet, unweit der Route Nationale 13, stellten sie das Auto auf dem Parkplatz der Fabrik *Caramels d'Isigny* ab, dem Wahrzeichen der normannischen Vorzüglichkeit. Laure hatte diesen Termin von ihrem Büro in Paris aus organisiert, denn sie wollte damit ihren Fotografen mit seinem Hang zu Süßem überraschen. So, wie er über sein Objektiv fuhr, wie seine Zungenspitze beim Fotografieren zwischen seinen Lippen hervorlugte, wusste sie, dass er wunschlos glücklich war. Sie schauten sich die unterschiedlichen Etappen der Karamellbonbon-Zubereitung in den riesigen Kupferkesseln an, die mit Zucker, Glukose, Wasser, kiloweise Butter, Salz und Vanille gefüllt wurden, um den Geschmack der Milchprodukte hervorzuheben, ehe man sie auf 115 Grad erhitzte. Anschließend breitete man die Masse bei dreißig Grad über den Kühltisch aus und schnitt sie in breite, weiche Fladen, die der zuständige Fachmann auseinanderzog, durchknetete, zusammen- und auffaltete, ehe er sie in einer Spinne ziehen ließ, in der die lange Karamellwurst dünner wurde, bis sie eine dünne weiche Schlange formte. Jede Maschine am Ende der Kette hatte einen Namen: Die »Pâtissière« produzierte zweihundert Bonbons in der Minute, wohingegen die »Papilloteuse« zwischen fünfhundert und sechshundert zuschnitt.

Erstaunt stellte Laure fest, dass beim Abpacken noch vieles manuell gemacht wurde. Die viereckigen Schachteln wurden von Hand aufgestapelt, und man musste sie vorsichtig anfassen, um sie nicht einzudrücken. Je nach Luftfeuchtigkeit veränderte sich die

Formbarkeit der Masse, und für gewöhnlich war die Arbeit bei trockenem Wetter leichter.

Eine Dreiviertelstunde später saßen sie wieder im Auto. Paco lenkte mit einer Hand, mit der anderen stopfte er salzige Butter-Karamell-Bonbons in sich hinein. Um Laure keine Angst einzujagen, fuhr er langsam, aber sie kamen rechtzeitig am Bahnhof von Caen an, um Amandine und Daphnée einzusammeln, die für das Wochenende des 8. Mai angereist waren. Die Begrüßung fiel kurz aus, Paco lud das Gepäck in den Kofferraum, während Amandine Nachrichten an ihre Schulfreundinnen schickte und eine sehr aufgeregte Daphnée ihre Umhängetasche aus Leder vorführte, aus der ein großer kartonierter Umschlag herausschaute.

»Ich habe die Druckfahnen zur Korrektur dabei …«

»Eigentlich bist du hier, um dich zu erholen.«

»Du kennst mich doch … das ist voller Druckfehler, und ich werde keine Ruhe haben, ehe alles stimmt.«

»Du bist unverbesserlich!« Laure seufzte lächelnd.

»Ich habe zwei ganz nette Zitate gefunden, die für die Seiten des Cidre und des Calva hervorgehoben werden könnten. ›Die Natur ist sehr umsichtig: Sie hat die Äpfel in der Normandie wachsen lassen, weil sie wusste, dass in dieser Region am meisten Cidre getrunken wird.‹«

»Gefällt mir … von wem ist das?«

»Henri Monnier, ein Dramaturg des 19. Jahrhunderts. Sonst hätte ich auch noch Folgendes: ›Die Normandie ist wie ein Apfelbaum: die Wurzeln fest in der Erde, die Stirn dem Meer zugewandt.‹«

»Das kenne ich … ich glaube, das ist von Maupassant.«

»Ja. Welches willst du?«

»Beide!«

»Ich weiß nicht, ob ich genug Platz habe. Das könnte den Umbruch beeinträchtigen.«

»Wir halten es einfach wie in der Normandie«, erwiderte Laure. »Mal sehen, vielleicht ja, vielleicht aber auch nicht … Wir legen uns nicht fest. Wenn es dir gelingt, beide Zitate zu bringen, wäre es perfekt.«

»Und dieses Wochenende?«, unterbrach Amandine schroff und warf ihrer Mutter dabei einen finsteren Blick zu. »Machen wir da auch einen auf Normandie-Modus? Mal sehen, vielleicht willst du ja arbeiten, oder vielleicht willst du dich doch um deine Tochter kümmern?«

16

Während der Fahrt wurde die Arbeit mit keinem Wort erwähnt. Paco scherzte, Laure entspannte sich, Amandine wurde lockerer, und Daphnée setzte man im Thalassozentrum von Cabourg ab. Um für eine Reihe Konzerte mit ihrer alternativen Rockgruppe einige Pfunde loszuwerden, hatte sie sich eine Schlankheitskur mit Anwendungen, Schonkost und Schönheitsschlaf zusammengestellt. Sie würden sie erst am Sonntagmittag zum Mittagessen im *Poisson d'argent* wiedersehen, dem Restaurant des Komplexes der Bäderkur.

Der Empfang von Charles Moreau fiel ganz überschwänglich aus, als er die Qualität der Glattbutte und Jakobsmuscheln erkannt hatte. Er versprach, sich hinter dem Herd zu übertreffen, um den wackeren Fischern von Port Ehre zu erweisen. Inzwischen müsse man sich allerdings unbedingt zu Tisch begeben, um die neuen Gerichte zu verkosten. Die *Bouchées à la rei*ne (»Die Welt der Guermantes«), die Kalbsnierchen an Cognacsauce (»Die Gefangene«) und die *Bavarois* *au café*, überzogen mit einer Crème anglaise (»Im Schatten der jungen Mädchen«) folgten aufeinander, ohne dass sie die Lektüre der jeweiligen Passagen über sich ergehen lassen mussten. Alle waren begeistert, und Laure verteilte 18 von 20 möglichen Punkten, eine absolut außergewöhnliche Note, zumindest was sie betraf.

Erschöpft zogen sich Paco und Amandine nach dem Essen auf ihre Zimmer zurück. Der Fotograf hatte sich *Balbec* unter den Nagel gerissen, ein großes Zimmer, bezogen mit royalblauem Stoff und eingerichtet mit Mahagonimöbeln, wohingegen *Monceau* an Laures Tochter gegangen war, die sich mit ihrem Koffer in eine Bonbonniere begab, bezogen mit Toile-de-Jouy und verziert mit meergrünen Gardinen.

Charles, ein unversiegbarer Quell, wenn es um die Leckereien des Lebens ging, half der Chefredakteurin von *Plaisirs de table*, alle auf Äpfeln basierenden Nachtische aufzulisten. Er pries die Eigenschaften des *Bourdelots*, bestehend aus einem geschälten Apfel, ausgehöhlt mithilfe eines Entkerners, gefüllt mit Zucker und im Blätterteig gebacken. Weitere Rezepte wurden der Liste hinzugefügt: Apfel in Dickmilch, Apfelpuddingkuchen, Arme Ritter mit Äpfeln, Crêpes-Teigtaschen mit sautierten Äpfeln, Crumble mit Äpfeln und Nougat, mit Salzkaramell eingekochte Äpfel im Glas …

»Und das Wichtigste hätten wir fast vergessen!«, rief Charles und schlug sich mit der flachen Hand auf die Stirn. »Die Apfeltarte! Vorzugsweise nach Großmutters Art … einfach nur mit Äpfeln.«

»Nicht einmal ein bisschen Apfelkompott oder gemahlene Mandeln?«

»Ketzerei!«

»Was ist mit einer Mischung aus geschlagenen Eiern und Crème oder mit etwas Zimt bestäuben?«

»Oh nein, du Abtrünnige! … Eine Apfeltarte, wie Proust sie uns schildert!«

»Was ist an der so besonders?«

»Sie ist einfach, von einer verwirrenden Nüchternheit, doch es sind die feinen Details, die sie einzigartig werden lassen.«

»Und das heißt?«

»Nachdem du den Blätterteig in der Form ausgebreitet hast, werden die – übrigens sehr dünn geschnittenen – Apfelschnitze so verteilt, dass zwischen den Äpfeln und dem Rand der Form ein Abstand von etwa drei Millimetern ist.«

»So genau?«

»Ja, drei Millimeter sind perfekt. Außerdem müssen die Äpfel sehr dicht aneinandergelegt werden. Du bildest damit einen Kreis und endest mit einer Rosette in der Mitte.«

»Bis jetzt ist noch nichts daran außergewöhnlich.«

»Ich stimme dir zu … Jetzt lässt du fünfzig Gramm Butter schmelzen und streichst sie mit einem Pinsel auf die Äpfel. Dann bestäubst du sie mit Puderzucker und stellst alles dreißig Minuten in den Ofen … Natürlich hast du den schon auf zweihundert Grad vorgeheizt …«

»Aber natürlich.«

»Das Wichtigste kommt jetzt: Die Operation geschmolzene Butter und Puderzucker muss beim weiteren Backen mindestens zweimal wiederholt werden … dreimal wäre noch besser, abhängig davon, wie fest die Früchte sind. Man muss sich da anpassen, je nachdem, ob man Boskop oder Renette verwendet, das ist sehr delikat. Viermal, wenn es nötig sein sollte. Du darfst den Ofen niemals aus den Augen lassen, du beobachtest, du schnüffelst, bis die Äpfel eine schöne Farbe haben … Vorsicht, niemals geschwärzt oder zu stark karamellisiert … und der Teig gut durch, aber geschmeidig, nicht trocken.«

»Tatsächlich kommt es hier auf den richtigen Blick, eine feine Nase und Geduld an.«

»Ja … es ist ein Rezept, das keinerlei Schwierigkeiten aufweist, und genau deshalb kann es so einfach misslingen!«

»Und du servierst sie so, ohne irgendetwas? Nicht einmal eine Kugel Eis?«

»Ich bevorzuge Schlagsahne, ganz frisch … Ich war

heute Nachmittag bei meinem Lieferanten, und er hat mir ein Becherchen von seiner absolut wunderbaren Schlagsahne abgefüllt.«

»Hat er noch Kunden, nach der Geschichte im *Bocage gourmet*?«

»Es ist wohl tatsächlich so, dass viele sich nicht mehr trauen. Seine Verkäufe sind seitdem um fast dreißig Prozent zurückgegangen … Aber na ja, sobald diese kollektive Psychose vorbei ist, wird alles wieder seinen normalen Gang gehen … Umso mehr, wo man den Schuldigen doch anscheinend gefunden hat.«

»Ach ja?!«

»Mein Lieferant sagte mir, Marc Houlbrèque befinde sich in Untersuchungshaft.«

Die Journalistin wurde bleich. Feine blasslila Äderchen erschienen auf ihrer mit einem Mal fast durchscheinenden Haut.

»Hey, Laure, ist etwas nicht in Ordnung? … Das ist kein guter Moment, um aus den Schuhen zu kippen!«

17

Untergehakt kommentierten Laure und Amandine leise flüsternd den siebzig Meter langen bestickten Teppich von Bayeux. Am Abend zuvor hatte die Journalistin sich die Mühe gemacht, per Internet ihrem Wissen etwas auf die Sprünge zu helfen. Sie hatte sich detaillierte Angaben zur Entstehung des Werks sowie die unerwarteten Ereignisse der Invasion Englands durch Wilhelm den Eroberer durchgesehen. Jetzt machte es ihr große Freude, ihrer Tochter den Sinn der scheinbar unverständlichen Szenen zu erläutern, die Feinheiten der Stickerei oder die Wahl der so wunderbar erhaltenen Farben zu bewundern. Während der Besichtigung erinnerte sich Laure an die lange zurückliegende Zeit, als Amandine, die damals noch nicht sprechen konnte, ihre Hand ergriffen und den Finger auf ein Bild in einem ihrer Bücher gelegt hatte, weil sie eine Geschichte erzählt bekommen wollte.

Um diesen vertraulichen Moment nicht zu stören, wartete Paco im Museumsbuchladen auf sie, wo Amandine sich einen großen Band schenken ließ, in dem jede Szene des »Bildteppichs der Königin Mathilda« beschrieben wurde. Danach gingen sie zum Hotel *Le Lion d'or*, wo die Journalistin sich mit dem Chefkoch Patrick Mouilleau nach dem ersten Schwung Gäste zur Mittagszeit verabredet hatte. Sie verbrachte eine knappe Stunde mit Reden und dem Verkosten der vernünftigen, gediegenen, eleganten und wenig prahlerischen Küche des Restaurants, deren gute Produkte durch die perfekt getimte Kochzeit hervorgehoben wurden: die Apfel-Andouille-Tarte mit einer frischen Note vom Camembert-Eis, einen Tandoori-Lachs aus der Region mit glaciertem Kohl an Ingwer, und natürlich die geschmorte Kalbsnuss an Cidre-Crème, serviert mit einem Apfel-Champignon-Törtchen.

Nachdem die Porträts des Chefs und seines Souschefs aufgenommen waren, ging Paco in den Salon des Hotels, in dem sich nach Juni 1944 das Hauptquartier der alliierten Truppen befunden hatte. Jetzt hielt Amandine sich dort auf, die mit ihrem Handy Fotos von sich vor den gerahmten Porträts berühmter Leute machte.

»Das hat bestimmt was, so ein *Selfie* mit Eisenhower«, sagte Paco. »Lass mal sehen.«

Die Jugendliche schreckte auf und errötete.

»Schon gut. Musst dich nicht lustig machen«, grummelte sie und ließ sich auf einen Stuhl fallen.

»Ich meine es ernst und bin gleichzeitig beeindruckt. Die zukünftige Elite der Nation, die wohlgeratenen Köpfe des Lycées Henri IV, macht Faxen vor den berühmten Köpfen der Vergangenheit! Ist das da nicht de Gaulle?«

»So'n Blödmann! Ich glaub's ja nicht … Und wenn man auf das ›H4‹ geht, dann heißt das nur, dass man noch keine dreißig ist, verstehst du, man ist noch frisch!«

Amandine nahm den Band über den Teppich von Bayeux zur Hand und konzentrierte sich darauf, um die Kränkung zu vergessen. Paco schritt durch den Raum und betrachtete jedes signierte Schwarz-Weiß-Porträt der illustren Gäste. Bacall, Deneuve, Bourvil, Fernandel, Gabin, Piaf, Morgan, Verneuil, Hawks, Marais, Wayne, Ford, alle hatten sie im *Lion d'or* residiert und sich die Mühe gemacht, ein paar Worte hinzuschreiben, um zu kommentieren, wie gut es ihnen dort gefallen hatte. Paco wählte schließlich ein Weitwinkel, um die ganze Fülle zu erfassen, dann drehte er sich zu Amandine und knipste sie unerwartet wie ein Filmsternchen, das auf dem Festival von Cannes herumstolzierte.

»Amandine! Amandine! Hierher! Ein Lächeln, Amandine! Wie fühlt es sich an, den großen Ike getroffen zu haben? Den Mann, der die Landung geplant hatte! Den Mann, der die bedeutendste Invasionstruppe aller Zeiten befahl!«

Das junge Mädchen hing auf dem Stuhl, hob das Buch hoch, um sich dahinter zu verstecken und ihr Lächeln zu verbergen. Da hörte Paco mit seiner kleinen Nummer auf und setzte sich ebenfalls.

»Hast du etwas Neues über die Eroberung Englands erfahren?«

»Ja, das Buch ist total gut gemacht. Da stehen Zahlen, die einfach nur verrückt sind: Fast tausend Boote wurden gebaut, um 15 000 Männer und 5000 Pferde zu transportieren, die alle bei Ebbe in weniger als sechs Stunden verladen werden mussten. Sie haben den Ärmelkanal nachts ohne Mondlicht durchquert, hatten nur die Laterne des Bootes von Wilhelm. Natürlich ist das im Vergleich zu 1944 geradezu lächerlich, aber das ist 1066 gewesen … vor bald tausend Jahren!«

»Tatsächlich beeindruckend.«

»Außerdem glaube ich, dass mir was zu eurer Vergiftungsgeschichte eingefallen ist«, fuhr das junge Mädchen fort.

»Im Ernst?«

»Es ist einfach nur … Ich habe eine Parallele zwischen den Vergiftungen im Restaurant von Yonville und dem Teppich von Bayeux gezogen. Wilhelm ist in den Krieg gegen Harold gezogen, weil Harold den doppelten Eid nicht hielt: zum einen, Wilhelm nach dem Tod von Eduard auf den Thron von England zu bringen, und zum anderen, ihm als Herzog der Normandie treu ergeben zu bleiben. Es handelt sich also um eine Geschichte gebrochener Versprechen, okay? Und wer ist dafür bekannt, Zusagen zu machen und sie nicht einzuhalten? Mal abgesehen von Eltern, die eigentlich am Wochenende nicht arbeiten sollten … vor allem dann, wenn sie einen in so ein abgelegenes Kaff kommen lassen, wo man eigentlich viel lieber bei der besten Freundin zu Hause geblieben wäre?«

»Intelligente Kinder, die verständnisvoll und erwachsen sein können?«, schlug der Fotograf vor.

»Haha! … Mal ehrlich, hast du Leute noch nie sagen hören, dass Politiker die ganze Zeit nur Versprechen machen, die sie nicht halten? Und wer ausgerechnet sind die Opfer?«

»Politiker, das stimmt schon, aber es sind auch zwei Personen verstorben, die überhaupt nichts mit diesen ganzen Sachen zu tun hatten.«

»Bist du dir sicher? Na ja, dann war das vielleicht … ein Versehen des Mörders … abgesehen davon ist meine Theorie nämlich stichhaltig.«

»Welche Theorie?«, fragte Laure, als sie den Aufenthaltsraum betrat.

»Amandine scheint das Motiv der Houlbrèques gefunden zu haben: das gebrochene Versprechen eines Politikers.«

Laure trat zu ihrer Tochter, legte ihr den Arm um und gab ihr einen Kuss auf die Stirn.

»Nicht schlecht, Amandine! Das ist tatsächlich eine interessante Spur, wir werden der Frage nachgehen, aber jetzt… bin ich ganz offiziell im Wochenende! Paco, du musst morgen allein ins Livarot fahren. Und während dieser Zeit werden Amandine und ich einen Ausritt machen, zwei Stunden zusammen durch das Gehölz der Normandie reiten, wie findest du das?«

Paco bedauerte, seinen Fotoapparat nicht rechtzeitig herausgeholt und das Lächeln festgehalten zu haben, das auf dem Gesicht des Mädchens erschien.

18

Der Reitstall von Yonville war eher klein. Die Mathurins hatten selbst acht Boxen aus vergipsten Betonblöcken gebaut, hinter denen eine Scheune stand, in der Strohballen, Futter und Getreidesäcke gelagert wurden. Auch die Sattelkammer befand sich dort, und die Katzen der Umgebung jagten hier Mäuse oder Ratten. In der Verlängerung dazu war ein von Querlatten umzäunter Sandplatz errichtet worden, auf dem man Unterricht erteilte und die Reiter sich versammelten, ehe der Ausritt begann. Das einzige ursprüngliche Gebäude war ein alter, geschmackvoll renovierter Hof, der den privaten Bereich darstellte.

Die Zügel ihrer Pferde in der Hand, gingen Laure und Amandine zum Sandplatz, wo Pierre Mathurin überprüfte, ob die Pferde richtig gesattelt waren, und ihnen liebevoll über den Hals strich, ohne ein Wort oder einen Blick für seine Kunden übrig zu haben.

Wenige Minuten später gesellte sich seine Frau auf einem jungen, frisch zugerittenen Pferd zu ihm, das ebenso ängstlich wie ungeschickt wirkte. Sie bestimmte die Reihenfolge, die von den Reitern eingehalten werden sollte, bat Laure, das Schlusslicht zu bilden, und schon setzte sich die Kolonne in Bewegung.

Die Reiter waren auf Gemeindewegen unterwegs, entlang von Wiesen, auf denen Kühe kurzzeitig den Kopf hoben, als sie vorbeiritten, sie durchquerten eine Baumgruppe inmitten eines Gehölzes und versuchten ab und zu hochgedrückt in ihren Steigbügeln die Anwesen hinter den Hecken auszumachen, die sich den Blicken der breiten Masse entzogen.

Amandine freundete sich mit einer nur wenige Jahre älteren Reiterin an, die hinsichtlich ihres tatsächlichen Könnens ganz offensichtlich gelogen hatte. Bei der leisesten Regung ihres Pferdes stieß sie rührige Worte hervor, als hätten diese Zuneigungsbekundungen die Kraft, das Pferd unter Kontrolle zu halten und jede Gefahr zu bannen.

Nach zwei Stunden im Schritt, ein paar Trabpassagen und kurzen chaotischen Galoppstrecken verlief die Rückkehr zum Stall in aller Ruhe über ein brachliegendes Feld. Die Reiter nutzten die Gelegenheit, enger nebeneinanderher zu reiten und ihre Eindrücke unter den wachsamen Augen von Claire Mathurin auszutauschen. Man bewunderte die Schönheit des Pays d'Auge, das besondere Licht des normannischen Himmels, festgehalten von Generationen von Malern, das angenehme Klima, das eine regelmäßige sportliche Tätigkeit erlaubte, und schlussendlich die Ruhe dieses Landstrichs, wo alles in allem nicht viel passierte. Ein Spielverderber brach den Charme, indem er auf das Drama hinwies, das sich zu Beginn der Woche nur wenige Kilometer entfernt ereignet hatte, was zu einer Meinungsverschiedenheit über die genaue Anzahl der Toten zwischen zwei Touristen führte. Claire Mathurin, darum bemüht, die entspannte Stimmung für den restlichen Ausritt beizubehalten, beendete diese Zwistigkeit, indem sie bestätigte, dass es zwei neue zu beklagende Tote gebe: Senator Gauthier Bassarel und Dieter Kleinfurt, das zweite deutsche Opfer. Dann fuhr sie sogleich mit den kommenden Festlichkeiten der *Route du Cidre* und den dafür geplanten Unternehmungen hoch zu Ross fort.

Laure nutzte diese seltenen Stunden, um ihrer Tochter von ein paar lange zurückliegenden Erinnerungen zu erzählen.

»Ich hab mal einen Ausritt in der Normandie gemacht, das war vor … Ewigkeiten! Da warst du noch nicht geboren. Wir haben uns zur Halbinsel von Cotentin aufgemacht und sind mit den Pferden am Fuß des Mont-Saint-Michel angekommen … Das war unglaublich ergreifend! Natürlich braucht man einen Führer, in der Bucht gibt es nämlich Treibsand, und es ist extrem gefährlich, dort allein herumzustrolchen … Was hältst du davon, wenn wir zwei das während der Ferien machen? Wir könnten auf dem Chemin des Douaniers bis nach Cancale reiten und dann der Côte d'Émeraude folgen. Die ist wunderschön. Würde dir das gefallen?«

»Das wäre der Hammer, willst du wohl sagen!«, erwiderte Amandine.

»Super, ich freu mich! Wir organisieren unseren Ausflug, sobald wir zurück in Paris sind. Ich bin mir sicher, dass wir Spaß haben werden. Wenn gerade die richtige Saison ist, treffen wir vielleicht auch auf die Salzwiesen-Lämmer. Auf die echten, meine ich natürlich. Wusstest du, dass es eine geschützte Herkunftsbezeichnung für das Salzwiesen-Lamm der Bucht von Mont-Saint-Michel gibt? Die andere ist für die Bucht der Somme, und die zu erfüllenden Auflagen …«

Amandines Gesicht verfinsterte sich:

»Ich glaub's nicht! Du hörst echt nie auf!«

Das Mädchen trieb ihr Pferd zum Galopp an und entfernte sich von ihrer Mutter. Sie begab sich zum vorderen Teil des Trosses, wo die Anfängerin, mit der sie sich angefreundet hatte, erleichtert die Gebäude des Reitstalls vor sich ausmachte.

Als sie von ihrem Ausritt zurück waren, stellte Claire Mathurin vor den Stallungen einen klappbaren Bridgetisch mit karierter Tischdecke auf. Ehe die Erfrischungen gebracht wurden, versorgte ihr Mann noch ein an der Fessel verletztes Pferd.

»Sie haben sich hier richtig schön eingerichtet«,

bemerkte Laure, um eine Unterhaltung zum Laufen zu bringen. »Eine wirklich tolle Umgebung. Sind Sie schon lange hier?«

»Seit ein paar Jahren… und ich bereue rein gar nichts!«

»Das verstehe ich. Ich habe mit einem Freund darüber gesprochen, der Paris und seinen Beruf als Antiquar hinter sich gelassen hat und jetzt Fremdenzimmer in Brucourt vermietet. Jeden Tag freut er sich mehr über diese Entscheidung. Sind Sie von hier?«

»Fast. Ich bin in Caen aufgewachsen und habe zehn Jahre dort gearbeitet.«

»Ihr früheres Leben scheint Ihnen nicht zu fehlen. Waren Sie da schon im Pferdetourismus tätig?«

»Nein, ich war Lehrerin.«

»Welches Fach?«, fragte Amandine.

»Bio und EK. Dir sagen diese schreckliche Abkürzungen bestimmt etwas, oder? Als ich so alt war wie du, sprach man noch von Biologie und Heimatkunde. Das war poetischer.«

Pierre Mathurin entkorkte zwei Flaschen Cidre und stellte Plastikbecher »für wer will« auf den Tisch.

»Sie haben es ja nicht weit, um welchen zu besorgen«, bemerkte Laure, als sie das Etikett der Ferme des Billettes erkannte.

»Stimmt, aber es sind trotzdem irgendwie unsere Äpfel, die Sie da trinken«, stellte Claire Mathurin klar.

»Hinter unserem Haus ist eine Wiese mit Apfelbäumen. Wir kümmern uns um die Ernte und bringen die Äpfel zum Hof. Sie verwenden sie für den Cidre und den Pommeau. Im Gegenzug bekommen wir Flaschen für den Eigenbedarf und für unsere Kunden. So funktioniert gute Nachbarschaft. Anne Houlbrèque hat unsere Idee gleich gefallen, als ich mit ihr darüber geredet habe.«

»In jedem Fall ist er ganz vorzüglich«, bestätigte Laure. »Weder zu süß noch zu sauer, ein gutes Gleichgewicht zwischen …«

»Und die beiden Ponys, die dort auf der Wiese stehen? Wem gehören die?«, unterbrach sie Amandine.

»Die zwei Schlingel? Die kleine heißt Choupette, der größere ist Titou. Sie gehörten ein paar Parisern, die in einem Haus wenige Kilometer von hier wohnten. Sie hatten sie für ihre Kinder gekauft, sind dann aber in die USA gezogen.«

Alle beobachteten die beiden Shettys, die entschlossen entlang des Weidezauns grasten.

»Genauso sturköpfig und verfressen wie dick und kurzbeinig, aber immer hängen sie zusammen!«, sagte Pierre Mathurin, auf dessen Gesicht sich zum ersten Mal der Anflug eines Lächelns abzeichnete. »Und gerissen sind sie außerdem. Bei denen verschließt man die Scheune besser zweifach, sonst leeren sie einem die Vorräte. Wir haben sie damals genommen, damit meine erste Zuchtstute Gesellschaft hat: ein Pferd allein wird depressiv, es braucht andere Pferde. Und seitdem passen die beiden Lausebengel auf unsere Stuten und ihre Fohlen auf.«

»Ich wusste nicht, dass Sie auch außerhalb des Billettes-Gestüts Zucht betreiben.« Laure stellte ihren Becher wieder ab. »Warum halten Sie Ihre Stuten nicht dort, schließlich arbeiten Sie doch da?«

»Zunächst, weil man es mir nicht angeboten hat, und dann, weil ich meine Unabhängigkeit mag. Sie wissen schon, jetzt, mit den Katarern … Sie würden ganz schön komisch dreinblicken, wenn meine Shettys dort aufkreuzen würden. Die passen da nicht so rein …«

»Wie das?«

»Die Stallungen werden richtig prunkvoll, ausgestattet mit Besamungsmaschine und Ultraschall, alles erste Sahne. Sehen Sie uns etwa dort, mit unseren verfressenen Ponys? Ganz zu schweigen von meiner alten kranken Zuchtstute.«

»Hat sie was Ansteckendes?«

»Nein, gar nicht! Sie hat Melanome. Das tritt bei Schimmeln mit dem Alter häufig auf. Sie leidet nicht, aber was den Luxus betrifft … das beißt sich mit unseren Nachbarn.«

»Das mag ein anderer Stil sein, ist jedoch kein Hinweis auf die Qualität Ihrer Zucht. Kommen Sie, lassen

Sie uns auf die Gesundheit Ihrer Stuten und ihrer Fohlen trinken«, schlug Laure vor.

Die anderen Kunden nutzten diesen Toast, um ihre Becher zu leeren und sich diskret zu verziehen.

Als Paco wenige Minuten später eintraf, um seine beiden Reiterinnen abzuholen, fand er Laure und Amandine im Gespräch mit Claire Mathurin vor, wie sie sich über die verschiedenen Möglichkeiten eines Wanderritts durch die Region unterhielten.

19

Paco fühlte sich nicht wohl. Er massierte sich den Bauch, und sein wächserner Teint ließ nichts Gutes vermuten. Als Laure sich besorgt erkundigte, ob seine Reportage in Camembert und Livarot gut verlaufen sei, zog er es vor, nur verkrampft zu lächeln. Er würde warten, bis sie zurück in ihrer Pension wären, und ihr dann berichten. Er wollte Amandine nicht vor den Kopf stoßen, indem er ihre Mutter in Beschlag nahm. Die Jugendliche war nicht ins Calvados gekommen, um sie über den Job reden zu hören.

Sobald sie im Herrenhaus Croix-Grande eingetroffen waren, verschwand der Fotograf, erklomm die Stufen mit wenigen Schritten und eilte zur Toilette im ersten Stock, um sich zu erbrechen. Danach ging er auf sein Zimmer, duschte und zog sich um. Als er wieder ins Wohnzimmer kam, wirkte Laure beruhigt:

»Jetzt siehst du besser aus…«

»Du kennst mich doch, ich konnte einfach nicht widerstehen. Ich habe Käse in mich reingestopft, bis ich fast geplatzt bin.«

»Ich hatte dich gewarnt.«

»Ich muss zugeben, dass ich heute eine richtiggehende Offenbarung hatte.«

»Ach ja? Die unwiderstehliche Verlockung eines hübschen Milchmädchens?«, zog Laure ihn auf.

»Besser als das! Ich habe den Livarot-Käse entdeckt! Ich liebe ihn, und ich glaube, das wird eine meiner Lieblingssorten, vielleicht sogar mein Lieblingskäse schlechthin.«

Anschließend berichtete er Laure von seiner Reportage. Einen ersten Stopp habe er in der Käserei La Houssaye in Boissey gemacht, wo man ihm die verschiedenen Etappen der Herstellung erläutert habe, bis hin zur Verfeinerung, die acht Wochen dauere und während der die Rinde ihre orange Farbe bekomme. Vermutlich seien die Fotos gelungen, der Ort habe ihn ziemlich inspiriert. Neugierig geworden aufgrund der Riedgrashalme, die um den Käse gewickelt seien, habe er sich nach den dünnen Halmen des Binsengewächses erkundigt. Die Käserei baue sie um das Anwesen herum an, trockne sie mehrere Monate auf dem Speicher, ehe jeder Livarot umwickelt würde, also habe er sich daran gemacht, auch diesen Aspekt des Themas mit seinem Apparat festzuhalten.

»Das ist eine tolle Idee«, stimmte Laure zu. »Genau die Art Detail, das unsere Leser interessiert.«

Dann sei er zur Société Graindorge weitergefahren – eine Firma von ganz anderem Format, doch der industrielle Aspekt dieses 1910 von Eugène Graindorge gegründeten Hauses beeinträchtige in keiner Weise das Wissen, die Anforderungen und den Respekt vor den Traditionen. Paco verheimlichte nicht, dass er sich unbedingt auch einige Scheiben vom Pont l'Évêque sowie einige cremige Stücke vom Neufchâtel einverleiben musste, diesem herzförmigen Käse, bei dessen Fotos er mit Unschärfe gespielt habe.

Dann sei es nach Camembert gegangen, wo er das Käsemuseum besichtigt habe, und danach weiter auf die Ferme de la Héronnière zu François Durand, dem einzigen noch unabhängigen Produzenten des Dorfes. Mit seinen sechzig weißgestromten Kühen produziere er zwischen 350 und 400 Käselaibe. Paco schaute zum Himmel, als er die fast schon flüssigen Weichkäse, die blumige, samtene Rinde, das dezente und zugleich kräftige Parfum erwähnte, das aus der Erde emporzusteigen scheine.

»Ich sage dir lieber nicht, wie viele ich gegessen habe … Was den Ort selbst betrifft, so tut es mir leid, da habe ich ziemlich konventionelle Fotos gemacht: das Ortsschild, auf dem ein Vogel saß – idyllisch altmodisch –, die Kirche Notre-Dame – wie aus einem Touristenprospekt –, die Kapelle von Dornois im Gemeindefriedhof – hübsch, aber düster. Ich weiß nicht, ob sie viel taugen.«

»Lösche sie nicht, man weiß nie. Mit Camembert dringen wir zum Mythos des immerwährenden Frankreich vor.«

Sie wurden von Charles unterbrochen, der aus seiner Küche kam, eine lange, an der Taille geschnürte schwarze Schürze umgebunden:

»Wir können zu Tisch gehen …«

»Amandine!«, brüllte Laure nach oben. »Es gibt Essen!«

»Für mich müsst ihr nicht mitdecken«, sagte Paco. »Ich leiste euch nur Gesellschaft.«

»Willst du nicht einmal meinen Spargel versuchen?«, fragte Moreau enttäuscht.

»Der Herr hat viel gearbeitet«, verkündete Laure ironisch. »Er hat es mit der Gewissenhaftigkeit für seinen Beruf heute etwas zu weit getrieben …«

»Bei mir bräuchte es mehr, damit ich die Waffen strecke«, behauptete Charles. »Ich hab einen Bärenhunger, und die Stippvisite der Gendarmen heute Nachmittag reicht ganz bestimmt nicht aus, dass ich meinen Teller stehen lasse.«

»Capitaine Cadour ist hergekommen?«, fragte die Journalistin erstaunt.

»Ja, eine Art grob geformter Riese mit dem Kiefer eines Ochsen … Aber höflich, das muss man sagen. Er hatte diesen alten Brief dabei, den ich Hubert Carré-Lamadon, dem Generalrat, geschickt hatte …

Anscheinend könnte das einen Verdächtigen aus mir machen. Geradezu lächerlich!«

»Was steht in dem Brief?«, fragte Paco.

»Ich hatte vor, ein Festival auf die Beine zu stellen, das der Belle Époque gewidmet sein sollte: Konzerte, Lesungen, Ausstellungen, ein eher vergnügliches Programm, ohne seicht zu sein … Ich hatte etwas vorgesehen, das sowohl chic als auch volkstümlich genug für die Region von Cabourg ist … Er hat mir seine Unterstützung zugesagt und sogar über das Budget mit mir geredet. Kurz, alles schien gut, bis zu dem Tag, an dem er nichts mehr von sich hören ließ. Unerreichbar!«

»Ach, bei dir auch!«, rief Laure.

»Wieso sagst du das?«

»Nichts Wichtiges. Ja, und, hast du ihm geschrieben?«

»Ja, einen dreiseitigen Brief, recht gut formuliert … Ich habe ihn mit viel Stil, Offenheit und sehr höflich beleidigt – das gehört sich für einen Dandy meines Schlags. Resultat: Jetzt haben mich die Gendarmen im Visier.«

»Sie müssen in den Archiven der Opfer stöbern, um eventuelle Unzufriedene zu finden«, meinte der Fotograf. »Und an denen fehlt es wohl nicht!«

»Ja, wie es scheint, haben sie einen gewissen Benjamin Tellier festgenommen … Der hatte wohl auch Briefe geschrieben, aber seine enthielten Drohungen.

Insbesondere an den Senator. Er hat offenbar Gauthier Bassarel gesagt, er solle an seinen Bestechungsaffären verrecken … Ziemlich lustig, nicht wahr?«

»Wir kennen diesen Tellier«, sagte Laure. »Er war bei den Houlbrèques angestellt, und die Tatsache, dass er vor sechs Monaten auf der Ferme des Billettes gearbeitet hatte, wirkt sich nicht zu seinen Gunsten aus …«

»Ach, und übrigens, der arme Marc Houlbrèque ist wieder frei. Man hatte gegen ihn ermittelt, aber sie haben ihn nach Hause gehen lassen.«

»Diese ganze Geschichte ist so unschön«, seufzte Paco.

»Ein Grund mehr, meine Spargel zu kosten. Sie sind genau so, wie Proust in ›Eine Liebe Swanns‹ schreibt, und sie stecken voller Geschichte. Ich kann sie nicht essen, ohne an Françoise zu denken, die Köchin, die als Alleinherrscherin über die Töpfe und den Tisch der Familie von Combray herrschte.«

Er ging zu seinem Bücherregal, nahm sich einen in fahlem Leder eingeschlagenen Band vor, setzte die Schildplattbrille auf, zog das Lesebändchen heraus und las mit gesetzter Stimme:

»In dem Jahr, als wir so oft Spargel aßen, war das Küchenmädchen, das sie gemeinhin zu schälen hatte, ein armes kränkliches Geschöpf in bereits fortgeschrittenem Zustand der Schwangerschaft, als wir Ostern ankamen, und alle wunderten sich eher, dass

Françoise sie so viele Gänge und Besorgungen machen ließ …«

Charles schob seine Brille wieder nach oben, die auf dem schmalen Grat seiner Nase gern nach unten rutschte. Er fuhr mit dem Zeigefinger über die Seite und fing einige Abschnitte weiter unten erneut an zu lesen:

»… dass wir, wie wir erst nach Jahren herausbrachten, zum Beispiel in jenem Sommer nur deswegen fast täglich Spargel gegessen hatten, weil das mit ihrem Putzen betraute Küchenmädchen davon so heftige Asthmaanfälle bekam, dass es schließlich das Haus verlassen musste.«

»*¡La hija de puta!*«, rief der Fotograf, sichtlich erschüttert.

»Was denkst du denn, Paquito?«, erwiderte Charles mit hochgerecktem Kinn. »Die Küche war schon immer ein Ort des Dramas, der Spannungen und der Rivalitäten. Dort spinnen sich unterirdische Intrigen, dort werden Kräfte gemessen, und meistens ist es auch eine Möglichkeit, sich der Macht zu versichern, das Haus unter seiner Fuchtel zu behalten. So hat Françoise als treue Dienerin, streng und mütterlich, wohlwollend und furchterregend, als Besitzerin der Freuden der Familie ihr Territorium markiert …«

»*¡Me importa un carajo!* … Das ist doch ein richtig mieses Spiel!«

20

Der Riese von der Ferme des Billettes verdaute den Vorfall. Während seine Frau um den Küchentisch herumwirbelte und den Kaffee zubereitete, streichelte Marc Houlbrèque langsam den Kopf des Hundes, wobei Paco und Laure ihn geniert beobachteten.

»Wir wollten Sie nicht stören. Wir können auch heute Nachmittag oder morgen vorbeikommen«, schlug die Journalistin vor.

»Kein Problem«, versicherte Anne Houlbrèque. »So, der Kaffee ist durchgelaufen. Danach gehen wir zum Alambik und zu den Wiesen, wie es anfangs vorgesehen war. Möchten Sie eine Scheibe Brot?«

»Nein, vielen Dank, wir haben schon gefrühstückt.«

Die Hausherrin schenkte ihren Gästen ein, stellte die Keramikzuckerdose mitten auf den Tisch, nahm einen großen Schluck und ergriff die Hand ihres Mannes.

»Wir freuen uns so, dass er wieder zu Hause ist. Natürlich sind die Gendarmen im Grunde genommen nicht böse, sie tun nur ihre Arbeit, aber wir wünschen niemandem, dass er das durchmachen muss, was er durchgemacht hat.«

In Schweigen gehüllt nickte Marc Houlbrèque nur. Er hatte während des Polizeigewahrsams viel geredet. Jetzt zog er es vor, nichts zu sagen.

»Er hat ihnen wohl bei meinem Leben schwören können, dass wir keine Blausäure in die Becher fürs *Bocage* gemischt haben, sie wollten ihm einfach nicht glauben – und das war so richtig hart. Das Problem ist eben, dass nicht eingebrochen wurde, also denken sie, wir lügen!«

»Nicht eingebrochen?«, fragte Laure erstaunt. »Ja, aber, wann soll die Blausäure dann reingekommen sein?«

»Das würde ich auch gerne wissen!«, rief Anne Houlbrèque. »Als wir die Becher an dem Tag rausgeholt haben, ist uns nichts Besonderes aufgefallen. Ich hab den kleinen Wagen für die Auslieferung genommen, genau wie immer, und hab die Fuhre in der Küche abgestellt… genau wie immer.«

Die Journalistin trank ihren Kaffee in kleinen Schlucken, um sich Zeit zum Nachdenken zu lassen.

»Als wir am Dienstag hier waren, haben Sie uns von dem Kredit erzählt, den Sie zurückzahlen müssen. Vielleicht wollte man dieser Spur nachgehen. Ist die Frage bei den Vernehmungen aufgekommen?«

Noch immer abwesend ruhte Marc Houlbrèques

Blick auf seinem treuen Begleiter, der neben ihm saß und den Fliesenboden mit dem Schwanz fegte, glücklich darüber, sein Herrchen wiederzuhaben.

»Sie haben sich nicht geniert, alle möglichen Fragen zu stellen«, sagte Anne Houlbrèque. »Außerdem wissen die Gendarmen, dass wir nicht gerade in Gold schwimmen, also haben sie gefragt, ob wir Angebote für einen Aufkauf gehabt hätten.«

»Und?«

»Tja, außer unseren neuen Nachbarn niemanden. Aber wir wollen die Katarer nicht einfach so beschuldigen. Anscheinend waren sie nicht sauer, dass wir Nein gesagt haben. War ja nicht gegen sie gerichtet. Alle hier in der Gegend wissen, dass wir nicht verkaufen.«

»Ich kann mir vorstellen, dass die Gendarmen Sie auch zu Ihren Beziehungen zu den Politikern befragt haben«, mutmaßte Laure.

»Also, das! Da musste er die Hintergründe zu allen Opfern herunterbeten: wen wir kannten, mit wem es Probleme gegeben hatte, und so weiter und so fort …«

»Und was haben Sie … also was hat er … wie lautete die Antwort?«

»Die Wahrheit. Stress bereitet uns nur die gemeinsame Agrarpolitik. Sobald man uns mit unserem Traktor auf den Landstraßen fahren lässt, haben wir kein Problem mit Kommunalpolitikern.«

Amandines Theorie ging ihnen durch den Kopf, als Laure und Paco verständnisvoll nickten.

»Und glauben Sie, man hat eine Spur?«, wollte der Fotograf wissen.

»Ganz ehrlich, ich hab keine Ahnung. Sie haben so merkwürdige Fragen gestellt. Zum Beispiel, ob wir Guillaume Lebrument kennen. Natürlich kennen wir den, er ist doch seit sechs Jahren der Souschef im *Bocage gourmet*. Den beliefern wir täglich.«

Anne Houlbrèque tätschelte die Hand ihres Mannes und wollte sich zuversichtlich geben.

»Ich bin mir sicher, dass wir das hinbekommen. Wir wissen noch nicht, wie oder warum jemand Blausäure in unsere Becher gemischt hat, aber den findet man schon, diesen Mistkerl … Und die Ferme des Billettes, die behalten wir!«

Laure erhob ihre Tasse nach diesen wohlmeinenden Worten und fragte, ob es möglich wäre, sich gemeinsam den Betrieb anzusehen, damit Paco einige Fotos machen könne.

Marc Houlbrèque entschuldigte sich und ging, gefolgt von seinem Hund, nach oben, um sich auszuruhen. Seine Frau führte die Journalistin und den Fotografen durch die Gebäude. Eine knappe Stunde redete sie ununterbrochen über hochstämmige Apfelbäume, ihre traditionelle Apfelmühle aus Granit, den Prozentsatz des Verkaufs an Supermärkte, die kontrollierte Herkunftsbezeichnung, die ihnen zustand, und dann auch über den Ertrag ihrer Milchkühe, das Buttern und die verschiedenen Etappen beim Herstellen der Crème.

21

Leicht vornübergebeugt saß Amandine am langen Kirschtisch im Esszimmer, beide Arme brav auf einer ledernen Schreibunterlage aufgestützt. Mit einem Federkiel aus Holz und einer alten Sergent-Major-Feder malte sie geschwungene, volle Buchstaben auf einen Stapel weißer Blätter. Entgegen ihrer Gewohnheit hatte sie nicht im Bett getrödelt. Nachdem ihre Mutter und Paco abgefahren waren, hatte Charles ihr ein Frühstückstablett voller Brioches und eine hellgelbe Rose nach oben gebracht. Sie hatte sich, ohne zu murren, verwöhnen lassen, war eher geschmeichelt und amüsiert, wie eine Prinzessin behandelt zu werden.

Als sie nach unten kam, fand sie Charles inmitten eines Wusts an Dokumenten und alten Büchern vor. Er sah besorgt aus und warf einen genervten Blick auf die zerknüllten Seiten, die sich um ihn herum häuften.

»Machst du die Hausaufgaben, die du über die Ferien aufbekommen hast?«, spöttelte das Mädchen und schaute ihrem Gastgeber über die Schulter.

»Die Karte für *La Cuisine retrouvée* soll außergewöhnlich sein, ich will keinen gedruckten, standardisierten Text. Ich hab mir die Speisekarten wie ein Manuskript vorgestellt … handgeschrieben. Und jedes Gericht sollte mit einem kurzen Auszug aus der ›Suche‹ illustriert werden … Wie findest du das?«

Amandine schnappte sich das Blatt, las es zweimal durch, ehe sie sagte:

»Sei mir nicht böse, aber das sieht echt schrecklich aus … Deine Schrift ist zu klein, ganz nach rechts geneigt, das ist voll kacke … Ich kann's kaum lesen …«

»Dabei scheint mir die Idee so gut«, seufzte Moreau, enttäuscht über die Offenheit des Mädchens.

»Wenn man sich Mühe gibt und vor allen Dingen nicht versucht, Prousts Schrift nachzuahmen …«

»Du hast recht, ich habe es zu sehr ›im Stil von‹ gemacht … Willst du es mal versuchen?«

»Pff, aber ich garantiere für nichts.«

Sie hockte sich auf den Stuhl und beschrieb eine leere Seite, um mit dem Federkiel vertraut zu werden, dann zeichnete sie gleichmäßige Kreise und vertikale Striche. Sobald es an der Zeit war, sich den wichtigen Dingen zuzuwenden, wurde ihr Ausdruck ernst und ließ sie reifer und überlegter erscheinen, als sie sich sonst zeigte. Sie schwächte die stark geschwungenen Buchstaben etwas ab, die sie ganz von selbst aufs Papier brachte, und machte daraus eine Kalligraphie, bei der die unterschiedlichen Strichstärken ausdrucksstark waren, gleichzeitig aber auch eine gewisse Sinnlichkeit im Ansatz eines jeden Wortes verbargen. Sie mochte das Kratzen der Feder und übte weniger Druck aus, damit die Tinte noch leichter herausfloss, dann pustete sie auf das Blatt und reichte es Charles:

»Der Zeit, die auf ein üppiges Mahl folgt, wohnt eine Art Stillstand inne, durchdrungen von Sanftheit, Verständnis und Energie, und unsere Müßigkeit vermittelt das Gefühl der Fülle des Lebens …«

Moreau machte große Augen. Dann drückte er ihr einen Kuss auf die Stirn:

»Fantastisch! Du bist ganz wunderbar, das hat mir deine Mutter schon immer gesagt, aber das ist ja noch besser …«

»Ach ja, sie redet also manchmal über mich?«

Als Paco und Laure vom Hof der Houlbrèques zurückkamen, trafen sie eine konzentrierte Amandine mit ihren zu füllenden Seiten an, die Stirn tief nach unten gebeugt, die Lippen gespitzt. Sie hatte fast alle ausgewählten Texte fertig abgeschrieben. Charles nahm die beiden beiseite und erklärte, wie es dazu gekommen war, dass Amandine ihre Dienste angeboten hatte, was der Journalistin ein stolzes Lächeln entlockte. Sie wusste, dass ihre Tochter sich allen Herausforderungen stellen konnte.

* * *

Gegen 13 Uhr begab sich die ganze Truppe vom Herrenhaus Croix-Grande zu Daphnée ins Thalassozentrum von Cabourg. An diesem Sonntagmittag hatte Laure angeordnet, dass Charles nicht kochen dürfe. Sie wollte ihn einladen, und man würde im *Poisson d'argent* essen, dem Restaurant des Bäderkomplexes.

Als sie die Empfangshalle betraten, saß die Redaktionssekretärin von *Plaisirs de table* entspannt in einem Sessel des Aufenthaltsbereichs und las eine Frauenzeitschrift, in der es um eiweißreiche Diäten ging.

»Du siehst super aus!«, rief Paco aus.

»Ich habe vielleicht fünf Gramm abgenommen, aber damit bin ich voll und ganz zufrieden. Zwei Tage rumhängen, ich hatte ganz vergessen, wie toll das ist … Also habe ich die Druckfahnen nicht angeschaut.«

»Und das war auch gut so«, sagte Laure.

Der Rahmen des *Poisson d'argent* entsprach in jeder Hinsicht den Konventionen dessen, was als »Design« galt, edel und monochrom, und man traf diese Dekoration überall an, wo sich betuchte Konsumenten aufhielten, die sich in etwas wiederfinden wollten. Hätte es da nicht die wenigen Gäste gegeben, die im Bademantel und mit Plastikschuhen durch das Zentrum irrten, wäre es perfekt gewesen.

Die Gruppe ließ sich hinter der Fensterfront am Rand der Terrasse nieder. Die Durchsicht der Karte und die Bestellung gingen schnell vonstatten. Charles entschied sich für eine Platte Meeresfrüchte, Daphnée und Laure wollten sich einen großen Wildbarsch im Salzmantel teilen. Paco begnügte sich mit einem Artischocken-Tofu-Salat an Apfelessenz. Alle bestellten direkt ein Hauptgericht, außer Amandine, deren Wahl zunächst auf ein Perlhuhnfilet der Ferme de Mont-Dreinville gefallen war, die dann aber auch noch eine Vorspeise wollte: einen Kabeljautartar an salziger Butter und Honigwein. Laure lächelte. Der Umgang mit Charles Moreau hatte einen positiven Einfluss auf ihre Tochter; nur ein Dandy wie er konnte eine junge Anhängerin von Cheeseburger, Pizza Hawaii und mit Hormonen vollgestopften Hühnchennuggets so beeinflussen.

Die Unterhaltung drehte sich um die Vorzüge der Côte de Nacre und der Côte Fleurie, die gegeneinander abgewogen wurden, um die Temperatur des Ärmelkanals im August, die Katarer, die bald das gesamte Calvados aufgekauft haben würden, den Vorteil, Minigolf zu spielen, wenn man nicht gerne schwitzte, und die Sonnenbrände, die entlang der normannischen Küste immer tückisch waren. Charles gab sich seiner Show als gereizter Ästhet hin, der sich über das Urlaubsgeld aufregte, und war dabei urkomisch. Ausnahmsweise berief er sich nicht auf Prousts Geist, sondern zog es vor, Flaubert mit seinen schneidenden Geistesblitzen zu zitieren. Die Atmosphäre war angenehm und heiter, das Personal zuvorkommend, der Ablauf flüssig, die Küche ausgewogen, gesund und einfach, mit gerade so viel Originalität, dass die natürliche Würze der Produkte unterstrichen wurde.

»Wenn ich nur daran denke, dass ich schon in wenigen Stunden wieder zurück in Belleville sein werde, in meiner Zweizimmerwohnung im sechsten Stock ohne Aufzug«, seufzte Daphnée mit melancholischem Blick aufs Meer.

»Hast du gesehen, da unten haben sie einen Pfad angelegt, der direkt zum Strand führt«, sagte Paco.

»Über die Düne?«, fragte Laure erstaunt.

»Ja, es gibt noch ein paar natürliche Durchgänge auf dieser Promenade«, bestätigte Daphnée, »und es ist beruhigend zu wissen, dass manche sich für die Umwelt einsetzen, um wenigstens ein Minimum an Gleichgewicht aufrechtzuhalten.«

»Das ist der Beweis dafür, dass ein paar Politiker ihre Arbeit richtig machen«, fügte Laure hinzu. »Auch wenn es so manche nicht glauben mögen.«

Charles Moreau bekam diese Bemerkung mit voller Wucht ab, reagierte allerdings mit einer gewissen Mäßigung:

»Es war höchste Zeit«, sagte er pikiert und fuhr sich über den Schnurrbart. »Wenn man sieht, wie der Beton die Küste verunstaltet, dann weiß man auch, dass sie nicht vergessen, sich die Taschen zu füllen …«

»Da stimme ich dir zu«, räumte die Journalistin ein. »Ein Grund mehr, aufmerksam zu bleiben. Es wird immer Bauträger geben und einen Rattenschwanz von Leuten wie die Varnetots, bereit, mit dem kleinsten Quadratmeter zu spekulieren.«

»Wo wir gerade von ihnen sprechen, ihr Neffe ist noch in Polizeigewahrsam«, unterbrach Paco, »und es würde mich nicht wundern, wenn die Gendarmen ihn eine Weile in die Mangel nähmen.«

»Der perfekte Schuldige«, bemerkte Charles ironisch. »Vielleicht etwas zu perfekt.«

»Vorhin hat Anne Houlbrèque uns die alte Bude gezeigt, in der er wohnte, als er bei ihnen arbeitete«, sagte der Fotograf. »Eine kleine Kammer über dem Stall. Er hat ein paar Sachen dort gelassen, die er nie abgeholt hat: ein Käppi der Wehrmacht, Verschlüsse von Pistolen, Patronenhülsen, ein paar Koppel, Abzeichen, ein Kampfmesser und zwei Gasmasken …«

»Fahrlässig, der Typ!«, mokierte sich Daphnée.

»Echt irre … Das ganze Arsenal eines Serienmörders«, kicherte Amandine.

»Er wird sich umso mehr Sorgen machen, weil er die Schlüssel zur Molkerei und zum Zubereitungslabor hatte … Er hätte sich Zweitschlüssel anfertigen lassen können, ehe er seinen Arbeitsplatz verließ …«

»… und dann zurückkommen, um die Crème zu

vergiften?«, fragte Amandine, die so langsam Gefallen an diesem Spiel fand.

»Warum nicht? In jedem Fall hatte er vermutlich die materiellen Voraussetzungen: die Schlüssel, die er nachmachen lassen konnte, er kannte sich vor Ort bestens aus, wusste aber auch, wie und wann ausgeliefert und wie beschriftet wurde, mal ganz zu schweigen von einer gewissen Fähigkeit, sich Waffen, Munition und weshalb nicht auch Gifte zu beschaffen ...«

»Aber er ist doch nicht so bescheuert, diese Indizien zurückzulassen ... Das ergibt überhaupt keinen Sinn.«

»Na, komm schon, Miss Marple, wir müssen los«, sagte Paco zu Amandine, ehe er sich zu Daphnée umwandte: »Du solltest deinen Koffer holen, euer Zug fährt in einer Stunde.«

»Ich hab noch keinen Nachtisch gehabt!«, widersprach Laures Tochter.

Alle mussten geduldig warten, bis sie eine Tarte Tatin mit einer Kugel Biskuiteis verschlungen hatte, ehe sie sich nach Deauville aufmachten.

22

»Glaubst du, dass es noch lange dauern wird?«

»Ich würde mal sagen, mindestens zwei Jahre.«

Auf der Terrasse des *Café de Paris* unterhielten sich Laure und Charles bei einer Schale kühlem Cidre, nachdem sie Amandine und Daphnée zum Bahnhof von Trouville-Deauville begleitet hatten. Der Abschied war ohne zu viel Gekreische, Vorwürfe oder Vorschriften verlaufen. Nur die übliche Menge, wodurch die Trennung fast schon angenehm wurde, wie ein Auftakt zu einer Ruhepause.

Paco, der sich etwas abseits gehalten hatte, um ein paar Aufnahmen zu machen, gesellte sich in dem Moment zu ihnen, als Laure von ihrer Ratlosigkeit erzählte:

»Ich vertraue ihr, sie ist ein vernünftiges Mädchen, aber manchmal … Sie ist so hart, so kompliziert. Ich habe Angst, etwas falsch zu machen, und es stimmt ja, dass ich viel für die Zeitschrift unterwegs bin …«

Charles nahm Laure in den Arm und hielt sie liebevoll fest.

»Mein Herzchen, da muss ich dich gleich unterbrechen. Ich bin mir sicher, dass deine Tochter im Grunde stolz auf dich ist, aber irgendwas muss sie ja an dir auszusetzen haben. Wärst du eine Hausfrau, die rund um die Uhr immer Zeit für sie hätte, dann würdest du dir alles Mögliche über deine fehlenden beruflichen Ambitionen anhören müssen, die sie in ihrer Entwicklung zur Frau ausbremsen … und sie zwingen, dem Leben ewig mit Angst zu begegnen …«

»… und sie in einer ohnehin machohaften Welt noch weiter abwerten würde«, trumpfte Paco auf.

»Das reicht, ihr beiden! Sie sitzt im Zug nach Paris, aber ich habe den Eindruck, sie steht direkt neben mir.«

»Denk daran, dass sich ›fünfzehnjährig‹ und ›unglückselig‹ fast schon reimen, dann läuft es gleich viel besser«, schloss Charles.

»Da ist was dran …«

»Entschuldige, ich verschwinde mal eben ganz kurz, ich habe da jemanden gesehen, den ich unbedingt begrüßen muss, wenn ich für mein kleines Unternehmen gute Werbung bekommen möchte.«

Charles verließ sie, überquerte den Platz und ging mit offenen Armen auf einen etwa fünfzigjährigen Mann mit perfekt fallender Bundfaltenhose und Markenpolohemd zu. Laure und Paco beobachteten, wie er seinen Charme spielen ließ und völlig uninteressante

Informationen mit einer entwaffnenden Nonchalance und Entzücken aufnahm. Ihr Schauspiel wurde durch das Vorbeifahren des kleinen weißen Touristenzuges mit den himmelblauen Paspeln unterbrochen, der laut hupend eine verrückte Mischung Neugieriger vom Rathaus bis zur Promenadenstraße Ornano und dem Casino brachte, vorbei am Vieux Marché, dem Bassin des Yachts, les Planches und der Place Morny.

»*¡No puede ser!*«, sagte Paco und erhob sich unvermittelt.

Er holte eine Canon aus seinem Rucksack und setzte dem klappernden Zug nach. Sobald er eine gute Position eingenommen hatte, schoss er Fotos, überprüfte sie auf dem Bildschirm der Digitalkamera, machte weitere Fotos und setzte sich dann zufrieden neben Laure.

»Du bist ja ganz schön jung geblieben, wenn du derart vernarrt in diese Mini-Züge bist.«

Der Fotograf ging nicht darauf ein, klickte sich durch die Bilder und zeigte Laure eines davon.

»Was soll an diesem Foto interessant sein?«

»Schau genauer hin«, sagte Paco, nachdem er ins Bild gezoomt hatte.

»Ehrlich, ich weiß nicht …«

»Na, das Kennzeichen!«

»Es hat eins, das ist ja wohl vorgeschrieben … Nein, das kann nicht wahr sein?!«

»Oh doch … in Deauville fährt sogar der Touristenzug mit einer typischen Pariser 75.«

»Ich bin begeistert! Das passt wunderbar zu meiner Kolumne ›Deauville, einundzwanzigstes Arrondissement von Paris‹. Zeig mal die anderen Fotos!«

Während sie die unterschiedlichen Aufnahmen durchgingen, überquerte Charles die Place Morny in entgegengesetzter Richtung und kam zu ihnen zurück.

»Schau dir das an«, sagte Laure. »Wir müssen dir ein Foto zeigen, du wirst nicht glauben, was du da siehst!«

»Tja, und ich hab eine Neuigkeit für euch, die ihr auch nicht glauben werdet.«

»Was denn?«

»Ich habe mit dem Verantwortlichen des Fremdenverkehrsamts gesprochen und dabei erfahren, dass es hier gestern Nachmittag heiß herging. Die Gendarmen sind in die Agentur Varnetot gekommen und mit vollbepackten Kartons wieder gegangen. Und anscheinend wurden ihre anderen Niederlassungen zeitgleich ebenfalls durchsucht.«

»Hat man die Varnetots festgenommen?«

»Das weiß ich noch nicht, aber sie waren hier, wie immer samstags, und der Besuch der Gendarmen dauerte den ganzen Nachmittag … Da hatten sie vermutlich genug Zeit zu sagen, was sie zu sagen hatten.«

»Jetzt verstehe ich das besser«, sagte Laure nachdenklich.

»Was verstehst du?«, fragte Charles und leerte seine Cidre-Schale.

»Capitaine Cadour hat mich vor einigen Tagen vorgeladen. Man hatte uns im Gespräch mit Justine Varnetot gesehen, und er wollte wissen, ob ich sie bereits kannte, bevor das… Ach, ich begriff nicht, wo das Problem sein sollte, aber jetzt klärt sich alles auf… Tatsächlich gehörten sie von Anfang an zu den Verdächtigen… und daran hatte ich nicht gedacht.«

»Das konnte niemand wissen.«

»Glaubst du?«

23

Ein Christmas Pudding, inspiriert von einem Absatz in »Im Schatten der jungen Mädchen«, prangte auf der Tischdecke. Charles hatte ihn als einzige sättigende Beilage fürs Frühstück vorgesehen. Das Rezept war eingehalten worden, das Ergebnis stattlich, aber nicht richtig überzeugend. Die Sultaninen und Korinthen, die kandierten Früchte und die Mandeln waren in Ochsennierenfett gebraten worden. Eier, Milch und Semmelbrösel bildeten einen Teig, der nach Vanille, Muskatnuss, Zitrone und Rum duftete, was einem durchaus Appetit machen konnte, wäre da nicht dieser erschlagende Anblick gewesen: der Zuckerüberzug mit den glitzernden Würfeln, wie Juwelen in einer königlichen Krone. Laure zog es vor, darauf zu verzichten, und trank nur eine Tasse Darjeeling. Paco tat es ihr gleich, trank seinen schwarzen Kaffee in einem Zug, knabberte aus reiner Höflichkeit etwas an einer dünnen Scheibe Pudding. Sie gaben vor, einen vollen Tag zu haben, rechtfertigten sich mehr schlecht als recht, um möglichst rasch verschwinden zu können.

Als sie sich Pont-l'Évêque näherten, beschlossen sie, das Zentrum auszulassen und direkt zur Cidrerie Magloire in der Route de Trouville zu fahren. Sie fingen mit dem Museum des Calvados und alter Handwerksberufe an, das über eine beeindruckende Sammlung von Werkzeugen der Holzfäller, Fassbinder, Sattler, Holzschuhmacher und Korbflechter verfügte, die früher auf den Höfen gebraucht wurden. Abgesehen von einer Unzahl Gegenstände aus Kupfer oder Zinn war hier auch eine Rekonstruktion einer Apfelmühle mit Presse aus dem 18. Jahrhundert zu sehen. Der Fotograf machte Nahaufnahmen, die Daphnée für die Zierleisten, als Vignette oder für die Aufmacherseite verwenden könnte.

Laure ging hinter ihm her und beobachtete ihn, wies ihn ab und zu darauf hin, welche Bilder vermutlich keine Doppelungen mit denen ergeben würden, die sie bereits in der Cidrerie Huet aufgenommen hatten. Etwas gesprächiger wurde sie, als der Kellermeister ihnen erklärte, wie er bei der Zusammensetzung vorging. Im Gegensatz zum Verfahren mit dem *alambic à repasse*, obligatorisch für die kontrollierte Herkunftsbezeichnung Pays d'Auge, wurde bei der Bezeichnung Calvados eine einzige Destillation in einem *alambic à production continue* durchgeführt. Mit 2500 Eichenfässern und 350 Lagerfässern, verteilt auf fünf Keller zwischen Pont-l'Évêque und

Sainte-Foy-de-Montgommery, war die Société Magloire Marktführer für Calvados; siebzig Prozent ihres Umsatzes erwirtschafteten sie im Export. Der Fotograf machte gerade noch letzte Fotos von der Vorgehensweise des Erhitzens in einem *alambic à colonne*, und Laure holte inzwischen eine Dokumentationsmappe vom Empfangsbüro.

Sobald der Besuch beendet war, flitzten sie nach Saint-Philbert-des-Champs zur Ferme du Bourg, wo Jérôme und Françoise Spruytte tätig waren. Laure fand die Herstellung des traditionellen Pont-l'Évêque dort beeindruckend und wollte darauf aufmerksam machen. Das zweimalige Melken der Kühe pro Tag, das Umschütten der Milch in Bottiche und die Labzugabe, das Abfüllen in viereckige Formen, das erste Abgießen des Rahms, den man regelmäßig umrühren musste, das trockene Ansalzen ab dem dritten Tag, das flache Auslegen und beständige Wenden, die Lagerung im Keller nach einer Woche, das Aufsetzen auf die Kante, das Einwickeln in Wachspapier, die Aufmerksamkeit, mit der die Lagerung überwacht werden musste, um die Feuchtigkeit beizubehalten: Dieses unablässige Ritual hatte etwas Religiöses, das ein Leben lang im Dienste der Vorzüglichkeit wiederholt wurde.

Das Ehepaar Spruytte lüftete ihr Herstellungsgeheimnis ohne viel Gebaren, und es war sehr einfach:

»Die ganze Zeit auf der Arbeit sein, Interesse am Erzeugen eines natürlichen Produktes haben … Je mehr man sich darum kümmert, umso besser ist es …« Außerdem sei es sinnvoll, sich in Geduld zu fassen, denn man müsse fünfzig Tage warten, ehe der Pont-l'Évêque seine Reife erlange. Man stelle aber auch in kleinerer Menge den Pavé d'Auge her, der zweieinhalb Monate reifen müsse. Paco war von asketischer Strenge. Wortlos machte er Fotos, verpasste keinen Herstellungsschritt und begnügte sich damit, den Käse mit Blicken zu verschlingen, stolz darauf, ihm widerstehen zu können.

Auf dem Rückweg hielt er jedoch vor der Bäckerei eines kleinen Dorfes. Nach dem bescheidenen Frühstück hatte er jetzt große Lust auf ein Pain au chocolat und war selbst ganz überrascht, dass er stattdessen um ein … chausson aux pommes bat. Der normannische Geist bemächtigte sich langsam seiner, wie er lächelnd feststellte.

Als er den Laden verließ, schnappte er ein paar Sätze von zwei Kundinnen um die sechzig auf, die sich auf dem Gehsteig unterhielten. Er kniete sich hin und tat so, als würde er seine Schuhe neu schnüren, damit er ihnen zuhören konnte:

»Der Victor Apreval ist gestorben, heute Nacht!«

»Der Bürgermeister von Yonville? Nicht möglich!«

»Und den jungen Jérémie Torcheboeuf, der für den

Abgeordneten gearbeitet hat, den hat's gestern Abend erwischt.«

»Dann sind's jetzt also sieben.«

»Glauben Sie?«, fragte die Nachbarin und zählte an ihren Fingern ab. »Aber ja, stimmt.«

24

Als sie vom Tod des jungen Parlamentssprechers und des obersten Beamten der Gemeinde von Yonville erfuhr, schaltete Laure eilig einen örtlichen Radiosender ein. Nach zwei leicht angestaubten Chansons der Achtziger kündete ein protziger Jingle die Kurznachrichten an. Der Tod von Apreval und Torcheboeuf wurde bestätigt. Allerdings drückte sich der Moderator vorsichtiger über den Stand der Ermittlungen aus, sagte nur, dass Benjamin Tellier nach 48-stündigem Polizeigewahrsam angeklagt würde und die Gendarmerie von Cambremer noch nicht verlassen habe.

Laure kramte in ihrer Handtasche nach ihrem Handy, das gerade eine eingehende Nachricht gemeldet hatte, eine SMS von Daphnée: »Hier in Paris ist es trüb. Ruf mich schnell an, es gibt Neuigkeiten.« Sie rief die Redaktionssekretärin sofort zurück, die ihr mit leicht bedrückter Stimme antwortete:

»Hallo, Laure … Ich bin fast fertig mit den Druckfahnen … Es sind weniger Fehler, als ich gedacht hatte.«

»Deswegen meldest du dich doch nicht bei mir? Deine SMS hörte sich wichtig an.«

»Es ist tatsächlich nicht ganz so wichtig.«

»Wenn es Probleme in der Redaktion gibt, dann sag's mir besser gleich, dann sparen wir Zeit.«

»Kein Problem, keine Sorge! Die Ausgabe wird rechtzeitig fertig… Aber gestern Abend, im Zug, als ich mit Amandine geredet habe – und, nebenbei gesagt, deine Tochter ist super –, hab ich sie gefragt, warum du einen so altmodischen Namen für sie ausgesucht hast… Sie hat mir erzählt, du hättest dich während der Schwangerschaft mit Tartes Amandines vollgestopft… eine richtige Orgie, mit Aprikosen, Birnen und Pflaumen…«

»Schon gut, ich kenne die Geschichte«, seufzte Laure. »Irgendwie ist es ja meine.«

Ohne sich aus der Fassung bringen zu lassen, fuhr Daphne fort:

»Tja, da ist mir eingefallen, dass man der Mandel nachsagt, sie würde Blausäure enthalten. Ich hatte von einem jungen griechischen Schäfer gehört, der sich damit den Bauch vollschlug, während er seine Schafe hütete. Am nächsten Tag fand man ihn mausetot…«

»Vergiftet?«

»Ja, mit allen Symptomen des Todes nach Einnahme von Blausäure: Ersticken, Herzstillstand, Flecken auf der Haut…«

»Und worauf willst du hinaus?«, fragte die Chefredakteurin ungeduldig, die Paco gleichzeitig bedeutete, langsamer zu fahren.

»Ich war auf einer ganzen Menge Seiten im Internet unterwegs«, fuhr Daphnée immer wortreicher fort. »Da findet man so allerhand ... In jedem Fall bestätigt das die Toxizität der Bittermandel oder des Amygdalins, wenn du so willst ... Die tödliche Dosis der cyanogenen Glycosiden reicht von null Komma fünf bis drei Milligramm pro Kilo Körpergewicht. Kannst du mir folgen?«

»So in etwa. Und weiter ...«

»Es gibt einen Vergiftungsfall durch den Verzehr von Mandeln ... doch das gilt auch für die Kerne von Aprikosen und sogar, jetzt halt dich fest ... für Apfelkerne!«

»Machst du Witze?«

»Im Gegenteil, ich bin bitterernst ... Außerdem ist mir heute Morgen nicht so nach Scherzen. Wenn du den Himmel hier sehen würdest ... die totale Depristimmung.«

»Wenn ich das also zusammenfasse: Jemand, der ausreichend Apfelbäume besitzt, könnte sich in der Küche ein starkes Gift zusammenbrauen ...«

»Da unterbreche ich dich gleich. Es ist nicht einfach, Cyanwasserstoff herzustellen. Man müsste die Kerne in einem Mörser zerkleinern, die Schale und das Fleisch mit einem Spitzsieb voneinander trennen, dann etwas extrahieren, erneut durch Filtrieren trennen … die Konzentration erhöhen. Ideal wäre es, ein kristallisierendes Gift zu erhalten … Du siehst, ein heilloses Durcheinander. Das ist wirklich etwas für Spezialisten. Außerdem besteht ja auch die Gefahr des Einatmens.«

»In der Tat, das scheint recht komplex zu sein.«

»Ich schicke dir das Dossier gleich per Mail, dann kannst du selbst aussortieren … Ich habe Foren durchforstet, in denen jeder meint, seine Meinung verbreiten zu müssen, und ich glaube verstanden zu haben, dass eine Schale Apfelkerne ausreichen soll, einen etwa siebzig Kilo schweren Mann umzubringen. Aber das scheint mir merkwürdig und nicht gerade sehr glaubhaft.«

»Eine einzige Schale?«

»Ehrlich gesagt bin ich mir bei dieser Info nicht so sicher. Und das trifft natürlich nur dann zu, wenn man die Schale innerhalb einer Stunde aufisst … Ganz abgesehen davon hat man noch nie gesehen, wie jemand so viele Äpfel verdrückt, dass es einer Schale Apfelkerne gleichkommt.«

»Da bin ich ja beruhigt!« Laure lachte lauthals. »Ich esse Äpfel nämlich immer bis auf den Stiel auf …«

25

Ehe sie zu Charles und seiner Küche zurückkehrten, wollte Laure einen kurzen Umweg über die Ferme des Billettes machen. Die Berechnungen, die sie auf ihren Stenoblock gekritzelt hatte, wiesen noch ein paar Leerstellen auf, und sie hielt es für sinnvoller, direkt mit den Houlbrèques zu reden.

Anne war wie immer zur Stelle und empfing sie, kaum dass sie im Hof ankamen. Ohne sich in Details zu verlieren, sprach die Journalistin unumwunden von einer möglichen Spur, die zum Mörder vom *Bocage gourmet* führen könnte. Die Hausherrin bat die Gäste in die Küche, die sie bereits kannten, und verfolgte neugierig und misstrauisch die noch zögerlichen Schlussfolgerungen der jungen Frau. Und obwohl Paco die Schrift der Journalistin nur mit Mühe entziffern konnte, versuchte er, ihr zu helfen.

»Hast du fünfzig Gramm oder fünfzig Milligramm aufgeschrieben?«, fragte er.

»Fünfzig Milligramm, da bin ich mir ganz sicher«,

erwiderte Laure. »Das ist die tödliche Dosis. Für sieben Personen sind das … dreihundertfünfzig Milligramm. Wenn wir auf fünfhundert Milligramm aufrunden, kommen wir auf ein halbes Gramm. Der Mörder brauchte keine größere Menge Blausäure, um dieses Massaker anzurichten. Das ist also ziemlich wenig.«

Anne Houlbrèque runzelte die Stirn.

Die Erinnerung an die Durchsuchung der Gendarmen, wie sie mit Fragen bombardiert worden waren, die Unterlagen voller unleserlicher Formulierungen, die winzigsten Details dieses schmerzhaften Moments tauchten erneut mit einem bitteren Geschmack auf.

»Und um ein halbes Gramm Blausäure zu erhalten, braucht man wie viele Apfelkerne?«, fragte Paco.

»Genau an dieser Stelle wollte ich meine Berechnungen wieder aufnehmen. Ich habe mich bereits einmal bei Gramm, Milligramm und Kilo vertan. Ich muss die Anzahl der Nullen überprüfen.«

Die Journalistin riss die Blätter ab, auf denen sie die von Daphnée erhaltenen Informationen aufgeschrieben hatte, und legte sie vor sich hin, um die Schritte ihres Gedankengangs erneut nachzuvollziehen.

»In einem Kilo Kerne … findet man … ein … Milligramm Blausäure. Um ein halbes … Gramm, also … fünfzig Milligramm zu erhalten, braucht man fünfhundert Millionen … Milligramm, das heißt, ein, zwei, drei …«

»Fünfhundert Kilo Kerne!«, unterbrach sie Anne Houlbrèque.

Laure und Paco schauten von ihren Berechnungen auf und bestätigten das Ergebnis.

»Stimmt. Wie viele Äpfel sind das, was meinen Sie?«, fragte die Journalistin.

»Oh … da muss man wohl so bei hundert Tonnen sein«, scherzte Anne Houlbrèque. »Hören Sie, es ist nett, dass Sie sich um uns Sorgen machen. Sie könnten einfach nach Paris zurückfahren und das alles vergessen. Aber ganz ehrlich, Ihre Theorie … hat weder Hand noch Fuß. Ich hab schon eine Menge Äpfel gegessen in meinem Leben, und es waren bestimmt nicht die Kerne, die mir die größten Sorgen bereitet haben …«

Dennoch wollte Laure sich nicht einfach damit abfinden. Sie führte ihre Berechnungen erneut durch, vergewisserte sich mehrfach, sich nicht in der Gewichtseinheit geirrt zu haben, und überlegte dann, wie sie die Frage anders angehen konnte:

»Madame Houlbrèque, was meinen Sie, wie lange braucht man, um die Kerne eines Apfels mithilfe eines Entkerners zu entfernen?«

»Das geht schnell: Sie nehmen den Apfel … zack … Ich würde sagen, fünf, sechs Sekunden. Aber da gibt es noch mehr zu tun, schließlich hängt immer Fruchtfleisch an den Kernen.«

»Also vielleicht zehn Sekunden. Kann man sagen, dass ein Kilo aus fünf Äpfeln besteht?«

»Das kommt auf die Äpfel an. Bei den Cidre-Äpfeln sind es mehr, weil sie kleiner sind.«

»Okay, aber machen wir es einfach, wir sind weder Wissenschaftler noch Polizisten«, sagte Laure. »Hundert Tonnen multipliziert mit fünf, das macht fünfhunderttausend Äpfel. Das mal zehn Sekunden … fünf Millionen Sekunden, die man durch sechzig teilt … dann noch mal … ahh …«

»Worauf willst du hinaus?«, fragte Paco völlig verwirrt.

»Im Wesentlichen heißt das, der Mörder hätte über tausend Stunden mit einem Entkerner bewaffnet zubringen müssen, um ein halbes Gramm Blausäure zu erhalten.«

»Das ist ja noch schlimmer als der Teppich von Bayeux, dein Ding! Er muss irgendwie eine sehr viel schnellere Methode gefunden haben«, schlug der Fotograf vor.

Anne Houlbrèque betrachtete ihre Gäste nachsichtig:

»Wissen Sie, Sie hätten Ihre Berechnungen gar nicht anstellen müssen, Sie haben nämlich einen Schritt vergessen … Hundert Tonnen Äpfel, die verschwinden nicht einfach so, ohne dass es jemandem auffällt. Ein solcher Diebstahl bleibt nicht unbemerkt.«

»Vielleicht war es kein Einzelfall … mehrere kleinere Diebstähle, die …«

»Nichts davon gehört, tut mir leid.«

26

Das Mittagessen wurde auf die Schnelle eingenommen, um nicht in Verzug zu geraten. Charles hatte ein Hühnerfrikassee, überzogen mit einer Madeirasauce, in der Hahnenkämme und Nierchen schwammen, vorbereitet. Das Ganze hatte mehrere Stunden lang bei niedriger Flamme auf dem Herd geköchelt, damit der Kalbssud eindickte und das weiße Fleisch des Geflügels durchdrang. Laure beglückwünschte Charles für seine perfekt abgestimmte Garzeit und zeigte sich mit der Wahl dieses Gerichts für die Karte von *La Cuisine retrouvée* einverstanden.

Kaum hatten sie ihren Kaffee ausgetrunken, machten Laure und Paco sich auch schon auf den Weg zu ihrem Auto. Die Fahrt bis nach Yonville verlief in vorwurfsvollem Schweigen. Laure hatte sich durchgesetzt, Paco fügte sich, um seinen Ruf nicht zu schmälern, aber er war nicht mit dem Herzen bei der Sache. Als sie auf dem Hof des Reitstalls eintrafen, bereitete Claire Mathurin gerade ein Pferd für die Einzelstunde vor.

»Würdest du bitte ein bisschen lächeln?«, fragte

Laure nervös. »Du solltest dich auf deine erste Reitstunde freuen.«

»Ich tue, was ich kann. Vielleicht ist es so, dass die Freude bei mir in Spanien verhaltener gezeigt wird.«

Nachdem der Reithelm in der richtigen Größe ausgesucht war, gingen sie auf den Sandplatz, wo Claire Mathurin Paco erklärte, wie er sich zum Aufsteigen neben das Pferd stellen musste. Als er nach mehreren Versuchen endlich im Sattel saß, richtete sie die Länge der Steigbügel ein, korrigierte, wie er die Zügel in der Hand hielt, und brachte seine Beine in die richtige Position.

»Man muss eine gedachte gerade Linie zwischen drei Punkten ziehen können: dem Kopf, dem Hintern und den Fersen. So, so ist es besser! Die erste Aufgabe besteht jetzt darin, sich zu entspannen. Ich führe das Pferd mit der Longe, die mit dem Gebiss verbunden ist. Es wird im Kreis um mich herumlaufen, wie ein hölzernes Pferd im Karussell.«

Laure blieb neben Claire Mathurin stehen, die Paco bat, die Zügel loszulassen, dann wieder aufzunehmen, Ohren oder Schweif des Pferdes anzufassen, die Steigbügel überzuschlagen und wieder herunterzulassen, die Hände auf den Kopf, die Hüften, die Augen zu legen.

»Das ist mehr eine vertrauensfördernde Maßnahme als eine typische Longestunde«, bemerkte Laure.

»Absolut. Aufgrund des spielerischen Aspekts macht man das häufig mit Kindern, aber es ist auch sehr wirksam für Erwachsene. Angst hindert einen oft daran, Fortschritte zu machen, Raum und Bewegung richtig wahrzunehmen. Pferd und Reiter müssen ein Paar bilden, und damit das funktioniert, braucht es Vertrauen. Wie bei allem.«

Paco führte dieselben Übungen in entspanntem Trab aus, das Pferd wurde dabei noch immer von Claire Mathurin mittels Longe und Stimme gelenkt.

»Sie sind sehr pädagogisch«, bemerkte Laure. »Ich habe Reitlehrer gekannt, die von der anderen Seite des Sandplatzes ohne die geringste Erläuterung Befehle brüllten. Und so ein Gläschen Cidre nach der Reitstunde … daran war gar nicht zu denken! Paco wird doch seine Belohnung bekommen, oder?«

»Natürlich! Die hat er sich bis dahin verdient, denn er machte vorhin keinen sehr entspannten Eindruck …«

»Ein echter Anfänger! Ach, und wo wir gerade von Cidre sprechen, ich habe mich gefragt … Ihnen ist nicht zufällig ein Diebstahl von Äpfeln auf Ihrer Obstbauwiese aufgefallen?«

Diese Frage überraschte Claire Mathurin derart, dass sie kurzzeitig vergaß zu lächeln.

»Nein … wieso das?«

»Nur eine Idee … vermutlich ganz abwegig, aber …

Ich habe erst vor kurzem erfahren, dass man aus Apfelkernen Blausäure gewinnen kann.«

»Tatsächlich?«

Claire Mathurin ließ das Pferd zu sich kommen und richtete sich an Paco.

»Sie haben große Fortschritte gemacht. Sie sitzen tiefer im Sattel, Sie folgen den Bewegungen des Tieres gut, und Ihr Oberkörper ist da, wo er sein soll. Jetzt arbeiten wir am Lenken. Sie folgen der Bahn entlang der Querlatten, und ich bereite einen Slalom vor.«

Claire Mathurin verrückte Kegel und Stangen auf dem Boden, gefolgt von Laure, die weitersprach:

»Häufig denkt man an die Bittermandel, weil sie eine höhere Konzentration Blausäure enthält, aber der Apfelkern birgt auch Gefahren. Als ehemalige Biologielehrerin können Sie mir vielleicht weiterhelfen?«

»Ich fürchte, da bin ich überfragt. Gut, Paco, Sie können jetzt mit dem Parcours beginnen. Vergessen Sie nicht: Sehen Sie immer dahin, wo Sie hinwollen. Auf den Blick folgt erst eine Gewichtsverlagerung und dann auch das Pferd.«

»Tatsächlich macht mir hier etwas anderes Sorgen«, fuhr Laure fort. »Wenn es sich um sehr giftige Blumen wie Fingerhut oder Maiglöckchen gehandelt hätte, dann wäre das Problem einfach …«

»Der Blick, Paco, der Blick!«

»Da ist das Gift so stark konzentriert, dass die tödliche Dosis schnell erreicht wird …«

»Die linke Hand etwas stärker abspreizen, Paco! Die Fingernägel zum Himmel.«

»… aber bei Apfelkernen braucht man eine gewaltige Menge des Ausgangsmaterials …«

»Bleiben Sie nach dem dritten Kegel stehen!«

»… es muss doch Möglichkeiten geben, die giftige Masse so zu reduzieren, dass man ein kristallines Gift erhält …«

»Wenn Sie das sagen … Kommen Sie jetzt zu mir, Paco. Vorsichtig mit dem Druck der Beine … Gut.«

Dann wandte sie sich zu Laure:

»Hören Sie, wie ich Ihnen bereits gesagt habe, ich kann Ihnen in dieser Angelegenheit nicht weiterhelfen, tut mir schrecklich leid. Außerdem werde ich nicht bleiben können, um ein Glas Cidre mit Ihnen zu trinken, ich muss nämlich unbedingt zum Tierarzt. Uns ist das Entwurmungsmittel für die Fohlen ausgegangen. Aber Sie bekommen natürlich eine Flasche Cidre … Die hat Paco sich redlich verdient!«

27

»Sie wollten mich sehen?«

Laure betrat das Büro von Capitaine Cadour, reichte ihm die Hand und nahm ihm gegenüber Platz.

»Meine Reportage ist zu Ende, und ich fahre in einer Stunde zurück nach Paris. Ich wollte Sie darüber informieren, dass ich aus der Region abreise, damit Sie nicht behaupten, ich hätte mich der Ermittlung entzogen oder etwas in dieser Art.«

»Haben Sie vielen Dank für die Rücksichtnahme! Und ich bestätige in der Tat, dass wir Sie nicht mehr brauchen werden.«

»Weil Sie den Schuldigen gefunden haben?«

Antoine Cadour lächelte.

»Sie wissen doch, dass ich Ihnen nichts sagen darf. Man würde mir vorwerfen, das Untersuchungsgeheimnis nicht zu wahren, hab ich recht?«

»So ist es. Und sind Sie sich auch wirklich sicher?«

»Worüber sorgen Sie sich, Madame Grenadier?«

»Ich will niemanden beschuldigen ... außerdem kann ich kein Motiv erkennen, aber ...«

»Würde Ihnen eine Tasse Schwarztee helfen, Ihre Ideen klar zu formulieren?«, fragte Cadour.

»Oh ja, sehr gerne.«

Der Gendarm füllte zwei Tassen mit dampfendem Tee, ohne Zucker, ohne Milch, und hörte der Journalistin aufmerksam zu.

»Zum jetzigen Zeitpunkt besteht die Schwierigkeit darin, dass ich zwar einen ernsthaften Verdacht, aber kein Motiv habe, und dabei scheinen alle eines zu haben.«

»Alle?«

»Nehmen Sie Benjamin Tellier. Sie haben gegen ihn ermittelt, und in der Tat weisen seine Briefe, seine Aussagen, seine Ideen, kurz … Außerdem hätte er sich auf zweifelhaften Wegen Blausäure beschaffen können und hatte Zugang zur Ferme des Billettes.«

»Aber Sie halten ihn für unschuldig?«

»Ich glaube nicht, dass er die Morde im *Bocage* verübt hat. Er hat seinem Ärger viel zu sehr Luft gemacht. Genau wie Charles Moreau, und das sage ich nicht, weil er ein Freund ist … Es stimmt, dass er einen etwas unflätigen Brief an Senator Bassarel adressiert hatte … aber damit ist er noch weit von dem entfernt, was der Durchschnittsfranzose über seine Abgeordneten denkt.«

»Wer sonst hatte Ihrer Meinung nach ein Motiv?«

»Guillaume Lebrument. An ihn dachte ich, als ich

Ihnen vom Geheimnis der Sauce à la crème erzählte. Er arbeitet jeden Tag mit ihr, bleibt aber außen vor, ist nicht in das Geheimnis eingeweiht.«

»Und weshalb halten Sie ihn für unschuldig?«

»Zunächst, weil die Restauration eine kleine Gemeinde ist. In seinem Lebenslauf würde immer stehen ›Ehemaliger Souschef des *Bocage gourmet*, wo sieben Gäste mit Blausäure getötet wurden‹. Ein schlechtes Aushängeschild. Außerdem hätte er ja wohl schlecht ein Restaurant eröffnen und dieselbe Sauce wie im *Bocage* anbieten können, ohne einen Verdacht zu erwecken …«

»Das stimmt. Und die Houlbrèques? Das Gift stammt immerhin aus ihrer Herstellung.«

»Das kann ich mir nicht vorstellen. Sie hängen viel zu sehr an ihrem Hof, als dass sie ihn freiwillig aufgeben würden. Natürlich waren sie sauer auf den Bürgermeister, der das Anwesen an die Katarer verkauft hatte, aber nicht so sauer, dass sie das zerstört hätten, was sie sich aufgebaut haben.«

»Wen gibt es sonst noch?«

»Die Varnetots! Darauf haben Sie mich mit Ihrem autoritären Anruf aufmerksam gemacht, als ich in Bayeux war. Beim Mittagessen im *Poisson d'argent* habe ich darüber nachgedacht. Der Schutz der Düne in Bayeux ist eine ausgezeichnete Sache – nur nicht für die Bauträger, die um jeden Preis Gewinne machen wollen. Da kann man schon sauer werden auf die Politiker, die bei dem Spiel nicht mitmachen … Übrigens haben Sie am Samstag recht viel Zeit in ihrer Agentur in Bayeux verbracht …«

»Sie haben mich immer noch nicht wissen lassen, gegen wen sich Ihr Verdacht richtet.«

»Na ja … also ich glaube, die Tatwaffe getrunken zu haben!«

»Ich kann Ihnen nicht ganz folgen.«

»Blausäure im Internet zu kaufen wäre für einen Mörder viel zu riskant. Die Gendarmen können die Bezahlung und den Ort der Lieferung zurückverfolgen … kurz gesagt, den Schuldigen einfach dingfest machen. Es wäre vorzuziehen, das Gift selbst herzustellen und alle Spuren zu verwischen. Dafür braucht man Äpfel, viele Äpfel, viel Zeit und viele Kerne. Und es braucht ein paar naturwissenschaftliche Kenntnisse, um die Probleme der Dosierung zu lösen und Wege zu finden, die Blausäure zu konzentrieren. Schlussendlich muss man eine beachtliche Menge entkernter Äpfel verschwinden lassen.«

»Sie haben es auf die Cidre-Hersteller abgesehen …«

»Eher auf Privatpersonen, die mit kleinen Produzenten arbeiten, einen riesigen Obstgarten haben, ihre Ernte selbst zur Presse der Ferme des Billettes bringen und somit eine große Menge entkernter Äpfel verschwinden lassen können. Personen, die wissen, wo sich die Schlüssel zu jedem Gebäude befinden, also auch zu dem Gebäude, in dem die Becher mit der Crème zwischengelagert waren, und die den Hund des Hofs kennen, weil sie die Nachbarn sind …«

Capitaine Cadour warf sich im Stuhl nach hinten und applaudierte aufrichtig.

»Madame Grenadier, Sie haben es sich verdient, dass ich gegen die Prinzipien verstoße, aber ich weiß, dass es unter uns bleibt.«

Der Gendarm holte eine DIN A3 große Karte des Calvados aus einem Dossier, auf der Flächen in verschiedenen Farben gestrichelt waren.

»Hier sehen Sie unsere Ernte nach der Durchsuchung bei den Varnetots. Das hatten sie ›Landungsplan‹ getauft. Sehen Sie mal hierher, in die Ecke: Die Legende erlaubt es zu verstehen, wofür jede Farbe steht.«

Laure studierte die Karte aufmerksam. Mit einem Mal leuchteten ihre Augen.

»Ja aber, dann erklärt sich alles!«

28

Der Einweihungsabend von *La Cuisine retrouvée* war ein Riesenerfolg. Ganz erschlagen vor Müdigkeit, aber wunschlos glücklich betrachtete Charles die Überbleibsel des Buffets, das wirr durcheinandergeworfene Besteck, die Berge schmutzigen Geschirrs, die halbleeren Weingläser, die zusammengeknüllten Leinenservietten, die wie welke Blumen herumlagen. Dieses Fest zum Ruhme der Gastronomie und der Literatur hatte seine verrücktesten Erwartungen übertroffen. Die ganze wichtige und weniger wichtige Gesellschaft der Basse-Normandie war dagewesen, keine einflussreiche Persönlichkeit der Region hatte gefehlt. Der Hausherr hatte nicht darauf verzichtet, die letzte Ausgabe von *Plaisir de table* auszulegen, die ihn mit seiner Arbeit lobend in einem Infokasten erwähnte. Die Chefredakteurin und ihre Tochter waren nach Brucourt zurückgekommen, um an diesem Ereignis teilzuhaben. Charles brachte seine Ergriffenheit in einer kurzen Rede zum Ausdruck, in der er die Belle Époque verherrlichte, den Proust'schen Prunk, die normannischen Kühe, alles in einem fröhlich schwülstigen Stil, dessen Ironie niemandem entging. Die Festgesellschaft lachte, und das war seine Belohnung.

»Ich habe viele Komplimente zum Aussehen der Karte eingeheimst. Deine Kalligraphiearbeiten sind ein toller Erfolg!«, sagte er zu Amandine, die neben ihm saß und seine Schokoladencreme probierte.

»Ich muss zugeben, das haut einen voll um«, antwortete sie und kratzte das weiße Porzellanschälchen mit dem Löffel aus. »Und ich freue mich, dass ich dir wenigstens ein bisschen helfen konnte.«

»Erinnerst du dich an den Satz, den du für den Nachtisch, den du gerade isst, abgeschrieben hast?«

»›Eine Crème au chocolat, nebenher und beiläufig wie ein Werk des Zufalls …‹ Das steht in ›Eine Liebe Swanns‹, richtig?«

»Ja … und ein gutes Gedächtnis hast du auch noch. Wer bitte schön sagt, mit der Jugend heute sei nichts mehr los?«

»Alte Idioten, bestimmt«, verkündete das Mädchen lächelnd und angelte sich eine Scheibe Ananas an Trüffel, die in einer Salatschüssel herumdümpelte.

Weiter hinten bei den Spülbecken war Laure auf der Suche nach einem sauberen Glas.

»Ich liebe die Ruhe nach dem Sturm«, seufzte Charles, streckte die Beine von sich und löste seine mauvefarbene Lavallière-Schleife.

»Die Gegend hier ist in der letzten Zeit ganz schön durcheinandergebracht worden«, stimmte Amandine ihm zu. »Ach, was ist eigentlich mit den Mathurins passiert? Die sind doch hinter Gittern, nehme ich an?«

»Ja, die Gendarmen haben die ganze Angelegenheit dank des ›Landungsplans‹ verstanden … So konnten sie herausfinden, welche Grundstücke die Katarer kaufen wollten. Man muss schon sagen, sie geben sich die größte Mühe, um mit den englischen Aufzuchten zu konkurrieren.«

»Wenn die sich jetzt auch noch in den anglo-normannischen Krieg einmischen, dann nimmt diese Geschichte nie ein Ende!«

»Zu dieser Parzelle gehörte der Reitstall von Yonville mit seinen Weiden gleich neben dem Schloss. Einige Bauern bewirtschaften dieses Gemeindeland, das ist so üblich, doch für eine Ausweitung des Gestüts hätten die Mathurins rausgeworfen werden müssen. Lange Zeit glaubten sie sich in Sicherheit, und plötzlich sollte sich ihre ganze Arbeit in Nichts auflösen. Man muss zugeben, dass sie diesen Ort phänomenal umgebaut haben. Ursprünglich war da bloß ein altes Gebäude in schlechtem Zustand, aber sie haben daraus ihr Zuhause gemacht. Alles andere, vom Sandplatz bis zur Scheune, haben sie allein hochgezogen. Victor Apreval, der Bürgermeister, hatte versprochen, ihnen das Land zu verkaufen, folglich haben sie ihr Geld reingesteckt …«

Laure gesellte sich zu ihnen, ein Ballonglas Calvados in der Hand.

»Versprochen … Meinst du damit, mündlich?«, fragte sie und strich sich eine Haarsträhne aus der Stirn.

»Schon wieder ein gebrochenes Versprechen«, betonte Amandine. »Also hatte ich doch einen guten Riecher für diese abgekartete Sache.«

»Woher wussten sie, dass der Bürgermeister seine Meinung geändert hatte?«, fragte Laure.

»Apreval hat es ihnen direkt ins Gesicht gesagt«, sagte Charles verdrossen.

»Und sie wollten sich rächen!«

»Ganz recht, Amandine … Ihr dürft nicht vergessen, dass der Bürgermeister zum Festkomitee für den siebzigsten Jahrestag der Landung der Alliierten gehört, und die Aussicht, ihn während der Veranstaltungen herumstolzieren zu sehen, muss ihren Hass aufgestachelt haben. Und da die Mathurins wussten, dass alle offiziellen Mittagessen im *Bocage gourmet* stattfinden würden und man der berühmten *escalope de veau à la crème* zusprechen würde, ist ihnen diese Idee gekommen. Noch dazu, wo sie direkten Zugang zum Erzeuger hatten … das muss wie ein Zeichen für sie gewesen sein.«

»Eine Erlaubnis zu töten, in gewisser Weise?«,

meinte Laure und trank ihren Schnaps in kleinen Schlucken.

»Vielleicht. Also haben sie nach einer Möglichkeit gesucht, die Crème zu vergiften, und da sind Claire Mathurins wissenschaftliche Kenntnisse zum Einsatz gekommen. Zunächst sind sie ganz empirisch vorgegangen, haben ihre Produktion an Ratten getestet, die sich bei den Getreidesäcken herumtrieben. Ein Tropfen Blausäure auf einem Stück Brot, und die Sache war erledigt.«

»Ja, aber«, unterbrach Laure, »wie haben sie es angestellt, die Konzentration des Produkts zu erhöhen? Sie haben doch ganz bestimmt keine hundert Tonnen Äpfel entkernt.«

»Nein, sehr viel weniger. Sie hatten es geschafft, ausreichend herzustellen, um eine Person umzubringen. Frag mich nicht nach den Zahlen, aber das war bereits eine beachtliche Leistung. Und dann sind ihnen Zweifel gekommen …«

»Sie wollten einen Rückzieher machen?«, fragte Amandine.

»Nein, sie befürchteten vor allem, den Bürgermeister zu verfehlen und einen Unschuldigen zu töten, denn ihnen wurde klar, dass sie den Ablauf im Restaurant nicht beeinflussen konnten. Sie mussten die Dosis erhöhen, um sicherzugehen, dass sie ihre Zielperson auch treffen würden.«

»Aber das ist völlig unrealistisch!«, warf Laure ein. »Es ist unmöglich, so viel Blausäure aus Apfelkernen zu erhalten.«

»Ihnen lief vor allen Dingen die Zeit davon. Das Verkaufs- und Enteignungsverfahren war auf Eis gelegt, um die Feierlichkeiten für die Landung nicht zu stören, doch es war ganz klar, sobald die letzte Flagge zusammengelegt wäre ...«

Amandine schnappte sich ein Macaron mit salziger Butter, das auf einem Nachtischteller lag.

»Wie haben sie es also angestellt?«, fragte sie, ehe sie in die Baiserfüllung biss.

»Und wieder war es Claire Mathurin, die eine Lösung gefunden hat. Sie hatten eine alte, kranke Stute ...«

»Ja, wir haben über sie gesprochen!«, unterbrach die junge Genießerin, die den Mund nicht voll genug bekam.

»Genau«, bestätigte Laure. »Sie hatte den Schimmelkrebs.«

»Tja, und weil die Mathurins diese Stute behandeln wollten, sind sie auf die Internetseite eines Pseudo-Arztes, Pseudo-Heilpraktikers, aber echten Abzockers gestoßen ... auf einen Typen, der angeblich in irgendeiner Klinik in was weiß ich welchem Land im Osten tätig sein soll. Und der gab vor, den Krebs mit Produkten auf Blausäurebasis heilen zu können ...«

»Was sind das für Produkte?«

»Laetrile, glaube ich … hochkonzentriertes synthetisches Amygdalin. Manche Heiler haben ihm den Namen Vitamin B17 gegeben, doch aus wissenschaftlicher Sicht ergibt diese Bezeichnung keinen Sinn und wird nicht anerkannt. Anscheinend sollen nur die kranken Zellen durch die Blausäure zerstört werden, die gesunden sollen auf wundersame Weise erhalten bleiben. Die Effizienz der Behandlung wurde nie bewiesen, wird im Gegenzug aber sehr wohl in Rechnung gestellt.«

Laure Grenadier stand langsam auf. Müdigkeit und Alkohol ließen ihre Lider schwer werden.

»Man muss zugeben, dass die Mathurins das gut ausgetüftelt hatten«, gab sie zu, stellte ihr leeres Glas auf einem vollgekrümelten Tisch ab. »Offiziell haben sie ein Medikament für ihre Stute gekauft, tatsächlich haben sie es aber benutzt, um ihre selbst hergestellte Blausäure zu vermehren.«

»Das hast du ganz wunderbar zusammengefasst, meine Liebe. Letzten Endes ist der siebenfache Mord mithilfe von Crème, Äpfeln und einem Medikament für Pferde verübt worden … Normannischer ging es gar nicht!«

Glossar

Alambic à colonne – »Kolonnen«-Brennblase. Die Destillation findet hier in einem einzigen und kontinuierlichen Brennvorgang in einem aus mehreren Brennblasen bestehenden Brennapparat statt.

Alambic à production continue – Alambik für eine kontinuierliche Destillation. Der Brennvorgang wird nicht unterbrochen.

Alambic à repasse – Mit diesem Alambik wird ein Doppelbrand durchgeführt; er wird für den Calvados mit kontrollierter Herkunftsbezeichnung aus dem Pays d'Auge benutzt.

Andouille – Eine französische Wurstsorte, die ausschließlich aus Innereien hergestellt wird.

Bavarois au café – Eine Art Mousse au café auf Biskuitteig.

Bouchées à la reine – Häufig mit Geflügelragout gefüllte Blätterteigtörtchen.

Bourdelots – Apfel in Blätterteig.

Cake à l'andouille de Vire – Herzhafter Kastenkuchen mit Andouille*.

Calvados – Apfelbranntwein

Chausson aux pommes – Apfeltasche

Cidre – Apfelwein

Cidre brut – Trockener Apfelwein

Crème bavaroise – Eine Crème anglaise, in die Schlagsahne und Gelatine untergerührt werden.

Escalopes de veau à la crème – Eine Art Kalbsschnitzel an einer Sauce mit Crème fraîche.

Feuilletines au lait – Süßes Stückchen mit einer knusprigen Schicht, häufig bedeckt von einer Mousse (au chocolat/au café).

Guide Michelin – Hotel- und Reiseführer mit Restaurantempfehlungen, die mit den Michelin-Sternen bewertet werden.

Livarot – Käse aus der Normandie, hergestellt aus roher oder pasteurisierter Kuhmilch.

Macaron – Baisergebäck aus Mandelmehl

Maître Restaurateur – Der einzige offizielle Titel in der Restauration, wird vom Präfekten verliehen.

Meilleur Ouvrier de France – »Bester Handwerker Frankreichs«, dieser Titel wird alle vier Jahre an herausragende Vertreter verschiedener Handwerke vergeben.

Pommeau – Aperitif bzw. Digestif aus der Normandie, hergestellt aus frisch gepresstem Apfelsaft und jungem Calvados.

Pont-l'Évêque – Käse aus roher oder pasteurisierter Kuhmilch aus der Normandie.

Riz à l'impératrice – Nachtisch aus Milchreis, Crème bavaroise* und kandierten Früchten.

Sauce – Saucen, unterteilt in:

la Normande – Kräftig gewürzte, helle gebundene Sauce aus Mehlschwitze, Fischfond, Grundsauce für die nachfolgenden Saucen.

la Diplomate – Sauce Normande, die mit Hummer und Trüffel verfeinert wird.

l'Écossaise – Sauce Normande, die mit in Butter geschwenktem Wurzelgemüse aufgekocht wird.

la Régence – Sauce Normande, aufgekocht mit Weißwein, Fischfond und etwas Trüffelsauce.

l'Anchois – Sauce Normande, die mit 3–4 zerstoßenen Sardellen gemischt und anschließend gesiebt wird.

l'Huître – Sauce Normande, verfeinert mit Austern.

la Véron – Sauce Normande, die mit einer Sauce Tyrolienne vermengt und anschließend mit etwas heißem, eingekochtem Fleischfond versetzt wird.

Tartes Amandines – Früchtekuchen mit Mürbeteig

Tripes à la mode de Caen – Kuttelgericht im Stil von Caen: geschmorte Kutteln in einer Mischung aus Cidre, Calvados und Hühnerbrühe.

Route du Cidre – 40 km langer Parcours durch das Pays d'Auge in der Normandie mit pittoresken kleinen Dörfern und möglichen Besuchen bei Cidre- und Calvadosherstellern.

Spanische Ausdrücke und Redewendungen:

¡La hija de puta! – So eine Schlampe!
¡Me importa un carajo! – Ist mir doch schnuppe/egal.
¡No puede ser! – Das gibt's doch nicht!

Proust-Zitate aus:

Im Schatten der jungen Mädchen. Übersetzt von Walter Benjamin und Franz Hessel, Verlag Die Schmiede, Berlin.

Jean Santeuil. Suhrkamp Verlag, übersetzt von Eva Rechel-Mertens.

Auf der Suche nach der verlorenen Zeit. Reclam Bibliothek, übersetzt von Bernd-Jürgen Fischer.